無碍の一道

むげのいちどう

高橋弘依

海鳥社

本文挿入画＝HANACO

無碍の一道◉目次

春風

1

観梅の賑わいが過ぎ、花の便りも終ると、書斎の窓から木々の若葉が眺められるようになった。窓を開けると、生暖かい風が灯籠の側の黄色の山吹を揺らしながら、机の上の読みかけの本の頁をめくった。

河井清治が三河の岡崎から太宰府へ転居して半年が経っていた。妻の恭子は茶の湯の師範を続けることになり張り切っている。

「おーい、恭子さん、今日は依子や孫たちと天神で会う約束をしていたから出かけるよ」

清治は恭子に声をかけた。

「私はお茶の道具の整理で忙しいから、失礼しますよ。よろしくね。あ、そうそう」

恭子は居間の戸棚の引き出しから封筒を取り出すと、清治に手渡した。

「これ、孫たちに渡してね。忘れないでよ」

「確かに渡すよ」

娘の依子が福岡の新宮町に嫁いだのが、清治の転居の縁になったのは確かだ。恭子に外出を告げると、清治は春風に誘われるように天神に向った。

依子は二人の子どもを連れ、大丸デパート・エルガーラの通りで約束の正午に待っていた。清治は少し遅れて着いた。

「ごめんね、おじいちゃんがみんなを待たせたから、ご馳走するよ」

そう言うと孫たちの頭を軽くなでた。

「おじいちゃん、こんにちは」

先に言ったのは兄の小学六年生の山村龍一である。四年生のえり子も「こんにちは」と笑顔で言ったが、少し元気がない。恥ずかしがっているのだろう。兄にまとわりつくようにして「龍ちゃん、龍ちゃん」と連呼している。二人で何を話したのか、急に龍一が走り出した。その後をえり子が追う。じゃれ合う様子を眺めながら、清治は時代の流れを感じていた。自分が子どもの頃、姉や妹にまとわりつくような行動をとったり、とられた覚えはない。現代的というのだろうか。兄弟姉妹も友達感覚で敬称でなく、名前で呼び合うようになってしまった。

依子は大丸東館六階の食堂街へ案内した。すでに店の見当を付けていたらしく、目移りすることなく、ある和洋食の店に入った。子どもが好みそうなメニューも多い。

食事をしながら、清治は久しぶりに依子とゆっくり話をした。

依子が小さかった頃、日本は高度経済成長期で、清治も世のサラリーマンの大勢と同じように子どもの教育に甘かった。これは今なお懺悔の気持である。

依子の思春期から青年期は、いわゆるバブル経済の絶頂期だった。食べることやファッション、旅行、さては車と、派手な上辺だけの社会を永遠なる本物と錯覚させられた世代である。この三十代から四十代を「ｈａｎａｋｏ世代」と呼んでいるが、バブル崩壊と社会進出の時期がぶつかったため、その矛盾の深さに驚き苦悩している世代でもある。

この世代あたりから、女性にも「男なり女なり」とか、「自分の生き方を見つめる」、「女性にしかできないことをする」と考える人が増え

はじめた。私にしかできないこと、とは、結婚して母親になることであり、その母親たちは子どもの早期教育に走り、高価なブランド服を着せ、化粧箱を持たせては子どもの発達に悩んでいるというのだが、実はそこには自分自身の人生、居り場の明確さ、夫との関係が信に貫かれているのかという問題が潜んでいるのだということを見逃さないようにと、いつしか清治は依子に諭すように話していた。依子は黙ってうなずいていた。

孫たちの食事のマナーの良さには驚かされた。その姿に清治は終始にこにこしている。

「おじいちゃん、ありがとう」

二人も笑顔で、はっきりした声で礼を言った。

「こんどは、おじいちゃんのお家においで。泊ってもいいんだよ」

親と離れての外泊といえば、保育園の年長児の時に一度だけお泊り保育を経験しただけで、多少の不安はあるが、二人は「うん」と頷《うなず》いた。

「あ、これ、おばあちゃんからだよ。忘れるところだった」

清治は封筒をそれぞれに手渡した。

「ありがとう」

孫たちの嬉しそうな顔。

「よーし、お別れしよう」と三人に声をかけると、清治は依子に、「少しは足しになるだろう」と五万円を手渡し、席を立った。

「おじいちゃんもまだまだ勉強が足りんので、これから本屋さんへ行くから、ここでさようならしよう。二人とも勉強しなさいね。さようなら」

「さようなら」と三人は軽く手を振った。

支払をすませて先に店を出た清治は、来る途中に買ったタウン情報誌を手に、エスカレーター昇降口近くの長椅子に腰を下ろし読みはじめた。字の小ささに、眼鏡をかけて読み直す。目の止まったところには、「味処江魚」とあった。数寄屋造りの日本料理店である。腕時計を見ると、午後三時三十分を過ぎていた。上着の右ポケットから携帯電話を取り出すと、〇九二……とポンポンと押した。

「もしもし、初めてお電話をしています。河井と申します。今日、お世話になりたいのですがよろしいでしょうか」

「はい結構です。何名様でしょうか」

「私一人です。一人でも」

「お一人様でも大丈夫です」

「開店時刻は五時ですね。五時の予約ということでよろしくお願いします」

「はい、お待ちいたしております」

電話口に出たのは若い女性であった。

平成九年の暮れに転居してきて初めての夏を迎えた福岡で、初めての酒場での一人酒である。清治の身も心もほんの少し高ぶっていた。恭子に電話し、娘や孫が喜んだこと、おばあちゃんへよろしくの伝言のことまで話し終ると、これから廻り道をするので遅くなると告げ電話を切った。


天神の大信ビルの一階に、「江魚」という京料理の店はあった。本店は京都市内の老舗「江魚」である。檜の格子戸を開けると、店内は明るかった。

カウンター越しの三名の白衣の店員が一斉に「いらっしゃい」と元気な声で迎えてくれた。客を待つ心が隅々にまで現われている。

「予約の河井です。はじめまして」

「カウンター席がよろしいでしょう」と言った長身の男性は山野さんといい、店の支配人であった。和装の若い女性店員が「ここでいいでしょうか」と両手で椅子を引いた。カウンターのほぼ中央であった。席に着くと早速若い店員たちはそれぞれに名刺を差し出し、自己紹介をした。

「私は名刺は持ちません。河井清治と申します。住いは太宰府です」

「遠いところ有難うございます」

「料理はいかがいたします。お品書きはございますが」

「おまかせできますか」

「どれくらいのお値段で」と兄貴分の板前が聞いたので、「老人だから少なめに見つくろって下さい」とお願いした。

料理も器も季節感が溢れていた。清治にはぴったりの落ち着ける店だった。

時計を見ると七時を過ぎていた。初めての店にしては長居をしたようだ。平成十年、清治六十一歳の初夏の日であった。

2

清治は今日も朝早く庭下駄をはくと茶庭に出た。蹲踞《つくばい》には花を咲かせた山萩が撓《たわわ》にかかっている。塵箱を提げて、飛び石の廻りの雑草や落葉を拾うのが、雨の日以外の日課になっていた。

居間に戻ると抹茶を一服し、行事表に目を移す。これも欠かさず行ってきた。

「ああ、今日は午後一時から聞法会《もんぼうかい》だったなあ」と行事表から目を離すと、

「おーい、恭子、十時頃、家を出るよ」

「はーい、分かっています。『歎異抄《たんにしょう》の会』でしょう。帰りは『江魚』へ行くんでしょう。もう年だから、飲むのは控えて下さいね」

「最近、あまり飲んでないよ」

清治が福岡の街へ出る時の会話は、判を押したように変わらない。それがむしろ二人を安心させているのかもしれない。

平成九年、停年退職後に転居した太宰府という環境が、老人の日々を楽しませているようだ。人生は楽しむものだ。しかし、何も問題がないというのではない。生死の身である。大なり小なり問題は波動のごとく打ち寄せてくる。

聞法会は、天神の三光ビルの二階で毎月一回開かれている。会員は五十名を越す。清治は二月に入会したので今回は四回目であり、テキストは『歎異抄』第四条に入った。

名古屋の本社にいた時、岡崎の自宅の近くの真宗の寺で聴聞《ちょうもん》していたのも『歎異抄』だった。福岡へ移住することを話したら残念がられたが、この集まりを教えてもらった。これも深いご縁であったといただいている。

一時になり、会場係が「合掌」と言うと、参加者は歌い出す。

清浄光明ならびなし
遇斯光《ぐしこう》のゆえなれば
一切の業繋《ごうけ》ものぞこりぬ
畢竟依《ひつきようえ》を帰命せよ

これは親鸞聖人のご和讃である。

講師は第四条を参加者一同と朗読し、二時間の講話は終る。最後も親鸞聖人のご和讃を歌い、閉会となる。

如来大悲の恩徳は
身を粉にしても報ずべし
師主知識の恩徳も
骨を砕きても謝すべし

会の終了後に法義を談じ合う法友が少しではあるが出来てきたことは嬉しい。そのなかの一人と話しながら、ゆっくり階段を下りる途中、「江魚」へ誘ったが、次の機会にと断われたのでドアの外で別れた。

街は軽装の人の群れが気忙しそうに行き交っていた。初夏を感じた。「江魚」の前に来て時計を見ると、五時を過ぎていた。まだ日は高い。馴れた手付きで格子戸を開けると「いらっしゃい」と威勢のよい声で迎えられた。若い板前がカウンターの前で仕事をしていた。調理場では四、五人の味方が働いているらしい。

清治の姿を見ると、和装の女性店員はカウンター席のほぼ中央の椅子をそっと引いて勧めた。清治が腰を下ろし、姿勢を正していると、おしぼりと湯呑みがカウンターに並べられ、続いて料理の注文を尋ねるようになったのは、前に名刺を差し出した若い三人の一人、幸田章介である。

今日も一品一品が器と融合し、お互いを引き立て、味もしっとりと上品で、清治は老いの口には勿体ないという気持になっていた。

帰りの電車の中で、今時の家族は老若男女が同じ料理を一緒に楽しく食べているのだろうかと、ふと考えた。核家族ではそれぞれが子ども向け、老人がいれば老人向けの食事になっていると聞いた。時々でもよい、同じ釜の飯を食べて喜び合い、楽しむという仲間意識を強めるということは、昔話になってしまったのだろうか。

今日の『歎異抄』の講話にあった「老少善悪のひとをえらばれず」という言葉が妙に気

になってきた。老少善悪をえらばない。料理に求めるとすれば、どんなメニューになるだろうか。老若男女が等しく分かちあえる料理を作る家庭はどんな人たちだろうかと、清治は宙に想像図を描きはじめていた。

おじいちゃんも美味しい、おばあちゃんも美味しい、父も母も、子どもたちも、孫たちもみんな美味しいと、同じものを食べて喜べる仲間はすばらしい。そんなレシピを作って欲しいものだ。〝おふくろの味〟とでもいうのだろう。

年齢を超えて同じ素材のものを食べる。「同じ釜の飯を食った仲じゃないの」と肩を組む。釜の飯の味は善人が食っても、悪人が食っても味に変りはない。おふくろの味もそうだ。これからの家庭はもっとおふくろの味を作ったがよいだろうにと考えていた。

電車を降りても七時半過ぎの街並みの道路はまだ明るかった。急ぐこともないので途中の骨董屋に入ったが、呼んでも返答がないので黙って品々を物色していると、店主が現われて声をかけてきた。二、三十分あれこれ話し、何も買わず店を出ると、初夏といっても八時近くは薄暗くなっていた。

「江魚」での食事は高級料理が少量で品数も少なかったので、清治は空腹を感じてきていた。生き物は食べて満腹になれば休み、空腹になるとまた餌を求めて走り廻る。食を見つけ、食っては休むの食物連鎖生活で、人間も同じ動物である。しかし、人間は食べては働く連鎖活動の中に暇を作ることの大事さを知ったのである。しかし、その暇は休み遊ぶだけのものではない。本来は自分自身を見つめ直すための余暇だったのではないだろうか。だから食後の一家団欒と昔の人はよく言ったものである。根底にそんな思想があったのかも知れない。清治は親子四人の三河の岡崎での暮らしを懐かしく思い出しながら、ゆっくりと歩いて帰った。

3

岡崎で世話になった常楽寺さんから手紙が届いていた。岡崎を出てはじめての「寺だより」である。寺の全景が掲載されていたので懐かしかった。苦悩のどん底にいた時に、『歎異抄』と出会った寺であり、生涯忘れることの出来ない寺である。

寺報を読んでいると、山門近くの内側の右手に鐘楼堂が新しく建立されるとの記事が目に止まった。写真に人さし指を当て、この辺だなあと勝手に想像しながら、心中は常楽寺へ飛んでいた。ふと我に戻ると恭子を呼んだ。

「おーい、恭子さん」

「はーい、何ですか」

「この手紙はな」

「はい、常楽寺さんの。それが何ですか」

「鐘楼堂が新しく建つそうだ。はじめて仏縁をいただいたお寺だ。少額だが寄附しようと思うがどうだろう」

「それはあなたの心次第でしょう」

「そうだなあ」

「私は賛成ですよ」

清治は嬉しかった。

「恭子さん、今から散歩に出掛けるよ」

「今日はいいお天気、五月晴れですね。あまり遠くへは行かないで下さいね」

「うん、観世音寺まで行ってくるよ」

「ちょっと遠いですね」

「急に梵鐘を観たくなってな」

そう言うと清治はステッキを持って出掛けた。

新緑の松林の参道の奥に、創建当初のものではないが、講堂、金堂の古き建物が見えてくる。ここまで歩いてくると背中を二筋、三筋と汗が走るのが分かる。参道の右手に、四十年前に建てられた洋風の宝物収蔵庫があったので、拝観のため入った。内部は宝物保存のための温度調整がなされ、季節感はなく、快適である。いつの間にか体から汗が消えていた。

この収蔵庫の仏像は近年まで講堂に安置されていた。藤原中期から鎌倉初期にかけて造立された古き仏たちである。

館内を一巡して外に出て、講堂から金堂を参拝し、目的の鐘楼堂近くまで来た。延喜の昔、筑紫に流された菅原道真が「都府楼はわずかに瓦の色をみる　観世音寺はただ鐘の声をきく」と詠んだ有名な鐘を目前にして、筑紫に下った万葉の往時の歌人、大伴旅人や山上憶良もただ鐘の声を聴いたであろうと思えば、また彼らの足音が聞こえてくるような錯覚に落ちてしまうようでもある。

以前参拝した京都の妙心寺には日本最古の銘を持つ鐘が安置保存されていたが、鐘の音は録音で聞かされた。そのとき、撞座は古いほど高くなっていると案内嬢が説明していた。今、観世音寺の鐘の撞座は、古鐘の中でも最も高いといわれている。すばらしいの一言である。この古鐘の歴史が、やがては岡崎の常楽寺の梵鐘へと伝承されていくのかと感無量になっていった。

今から五年前、平成五年三月のはじめ頃、清治は実家に住む兄の慎治に電話をした。

「もしもし、岡崎の清治です。ご無沙汰しています。お兄さん、元気ですか」

「元気、元気だよ。今頃何の用かね」

「会社のことで……、俺、死にたいよ」

「お前、物騒なこと言うなよ」

「電話では話しにくいが、人事のことで会社を辞めようと思っている」

「どうして」

「俺、会社のため一所生懸命やったのに、今になって冷遇されてね、たまんないよ」

涙声である。思っていたポストを外された口惜しさがこみあげてきたのだろう。

清治の言う「会社のため」が、本当は自分のためでもあったという、まさしく自分の功利心の塊からの苦しみであったと、自分の転倒している姿に気付いてくれたらと願っても、電話の向うの涙声を聞いてはとても言えるものではなかった。

清治は、くどくどと、自分がどんなに立派に仕事をやってきたか、会社に尽くしたかを訴えた。長い話がひと息つくと、ゆっくりと慎治は話しはじめた。

「おい清治、経歴、地位、財産と大事なものは多々あるだろうが、そんな世俗のものはね、人間、最後は世俗に置いてゆくんだね。そんなもの、最後には何の支えにもならないよ。みんな裸になってしまうだろう。一体大事なものって何だろう」

しばらくの沈黙の後、清治はやや明るい口調でこう言った。

「そうだね、兄さん。少し楽になってきたよ。話してよかった。ありがとう」

「清治、その苦しみこそ、この時こそ、逃げずに向き合うことこそ大事だと思うな」

清治がうんうんと頷いているようだった。

「兄さん、ありがとう。自分から逃げないで、今の自分をしっかり見つめ直し、本当に大事なものは何かとはっきり受け止めるから、また、話を聞いて下さい。今日は本当に有難うございました。それではさようなら」

「身体を大事にね、さようなら」

受話器を置いても、慎治はしばらく立ちつくしていた。弟の涙声を聞いたのは五十年振りだろう。本当に分かったのだろうか、もう少し苦しむしかないだろう。苦しんで自分でなにかを摑むしかない。

慎治は福岡の西新で和菓子屋を営む三代目だ。両親はなく、一人息子夫婦が四代目を継いでいる。西洋のどこの国の諺か忘れたが、「親は苦労し、子は楽をし、孫は河原で乞食する」というのがあったが、三代目の慎治は乞食は逃れたものの、時代の変遷もあって四代目は苦労が多いようだ。

戦時下、旧制中学四年生だった慎治は、女子中学一年生の妹と、九つ年下で小学二年生の弟清治の三人で、遠い親戚の秋月の農家へ疎開をしていた。

学校は甘木の町内にあったが、中学といっても授業は土曜日に限定され、月曜から金曜までの五日間は大刀洗飛行場周辺の兵舎や工場で勤労動員の毎日だった。

敗戦もそう遠くない昭和二十年四月の晴れた日の午後、慎治は大刀洗上空にB29の巨大な機体が小さく白魚のように美しく飛んでいるのを目撃した。すると数発、高射砲の爆破音が聞こえ、破裂の煙が低く漂って消えていった。重射砲の音はそれきりだった。とても届くものでないと諦めたのだろう。すると一機の戦闘機が悠然とB29目がけて飛行し体当りした。その一瞬、戦争映画の一齣を観ているようだった。

B29は小郡の町並みの民家に墜落したという情報が伝わってきた。慎治は日曜日の早朝、自転車の荷台に座布団を結びつけ、弟の清治を乗せて秋月から小郡まで約一二キロのゴロゴロとした石ころ道を、途中何回も休みながら墜落現場に到着した。かなりの見物人がいた。土地柄、飛行機は珍しくなかったが、敵国の飛行機を側で見るのは初めてである。正直なところ複雑な気持になった。戦争を憎む心を内に秘めて、日が西に沈む頃、現場を離れた。

自転車のペダルを踏む速度は次第に遅くなっていくし、その上空腹である。足に力が入らない。背中からぐっと兄に抱きついている清治が、「お兄ちゃん、お腹すいた」と泣き声である。

「お前だけじゃない、俺のほうがペダルを踏んでいるから空くのは早いんだぞ。泣くのはやめろ！」

慎治はハアハアと息を吐きながら清治を怒鳴った。それでも背中でしくしくと泣く声を聞きながら、暗くなっていく新緑の道のりを走り続けた。

あれから五十年が経つが、慎治には昨日のことのように思えてならなかった。


兄の言葉に自分を見つめ直す必要を感じた清治は、勤めから帰ると書斎でじっと思索する時間が多くなった。今夜も、出家ということを現代社会ではどう認識すればよいのかと考えていた。

妻を捨て、子を捨て、家を捨てて修行するとは、今日では、家を踏み出して仏法を聞きに行くことをいっているのではないだろうかと思うようになっていた。海外勤務から本社に戻り、人事異動の問題から人間不信に陥り、絶望感、虚脱感で一時は自殺まで考え、休日は家に閉じ籠り、仏書を読んでいた清治の心に、仏法を学ぶということは、その者が足を運んで仏法を聞きに行かなければならぬことではなかろうかと、心の変化を感じていた。
　通勤に利用する駅までの往復の途中にお寺があり、山門の脇に伝導掲示板が立っていて、そこに短い法語や、講座の案内などが書かれている。清治はこれまで、ちらっと見る程度か、電車に遅れまいと無視してその前を小走りすることもあったが、ふと、この掲示板は私を呼び続けているのではないかと考えるようになった。
　ある日、山門の前で立ち止まったり引き返したりしながら、気付いてみると山門の中に立っていた。その日の掲示板には、清治が時々読んでいる本の作者の名前があり、講話のため来寺されるという案内である。日付は三日後の午後と夜の二回。勤め帰りの夜の法座なら大丈夫のようだ。あの本の作者の話なら聞きたいと常日頃思っていたから、足が自然に止まったのかも知れないと、清治の心は躍っていた
　平成五年六月六日、清治五十六歳。受付にお布施

を差し出すと、『歎異抄』の小冊子が手渡された。テキストに使用しているとのことだ。本堂に案内された。

戦後、福岡の西新にいた頃、唐人町の寺の日曜学校に通っていたので、違和感はなかった。むしろ子どもの頃に本堂の中を走り廻って叱られたことが懐かしい。その頃の堂内は畳敷きだけだったが、ここの本堂は畳の上に一人用の小椅子が百席程整然と並べられている。そんな変わりようも知らぬまま年を重ねていたのだと清治は驚いてもみた。

講話の内容は「歎異抄第七条」である。条文は短い。

念仏は無碍《むげ》の一道なり。そのいはれいかんとならば、信心の行者には、天神地祇《てんじんちぎ》も敬伏《きょうふく》し、魔界外道《まかいげどう》も障碍《しょうけ》することなし。罪悪も業報を感ずることあたはず、諸善も及ぶことなき故に無碍の一道なりと。云々

聴衆は七十名を越えている。一同はこの条文を拝読した。ここには信心を得た念仏者の生活というものは本当に自由であり、自在なのだと、それは障りのない快活な寛いだものだということが教えられているのだと、講師の話は続く。

途中で休憩になった。寺号の書かれた特製煎餅とお茶の接待を受けた。清治が、「ああ、

来てよかった」と呟くと、隣の夫人が「初めてですか」と尋ねた。

「はい、そうです。この先生にお会いしたいと思っていました。生の声が聞きたかったのです」

「それはよかったですね、ご縁があって」

「はい。私は仏法は万巻の書を読めばよいというものではないと思っています」

「それは」

「よき人に出会うという生の声を通して、その人の人格に触れることだと、今日ほど痛感したことはありません」

「よいお話を聞き有難うございました」

「いやいや、初めてお会いしましたのに、これもご縁でございましょう。今後ともよろしく」

「私もよろしくお願いします」

講話は二席目に入った。

「魔界外道も障碍することなし」では、釈尊の成道が語られた。

釈尊が尼蓮禅河《にれんぜんが》で身を浄め、スジャータという名の村娘の捧げる乳を飲み、健康を回復された。釈尊は堕落したとののしられながら、ウルビラ村の菩提樹の下で、結跏趺坐《けっかふざ》して、

三、七日の間瞑想に入られた。釈尊の心の上には伏魔殿の悪魔が剣を持ったり、槍を持って脅し、心を乱そうとしたが、釈尊の心は怖れなく、乱れず静寂であった。形相の厳しい、すごみのある悪魔の脅しも効かないことが分かると、次はやさしい、甘い囁きの何人もの女の姿が、釈尊の周りを廻りながら誘惑するが、失敗に終ると今度は伏魔殿の悪魔が性懲りもなく、あの手この手で迫ってくる。それでも釈尊の瞑想が崩れることはない。しかし、この悪魔の脅しの激しさに、釈尊を保護していた善神も力尽き逃げて行った。そうなると釈尊は悪魔と直接対面せねばならなかった。そのときである。豁然《かつぜん》として悟りを開かれたという。それは臘月《ろうげつ》の暁の明星の輝くときであったと仏典に出ている、と話された。

仏の道を求めるとき、魔の十字軍がやってきて、あの手この手で誘惑して心を乱させようとする。ところが順境に誘われても逆境に押えられても、自分の内から開かれた道を内道とか自明の道というが、その道に立つ者は誘惑にふらついても結局は障りにならず、仏道を歩み続けるという話であった。

世間では人生の苦は他から仕向けられて苦しむのだと、どこまでも自己弁護している。それは清治自身の姿ではないか。清治は右手で胸をポンと叩いた。釈尊の豁然と開かれた悟りの内容は、悪魔は自分自身であったと、自明の道に立たれたとき、どこにも障碍する悪魔はいなかった。絶対自由の世界を教えられた。

清治は社内人事では自分が重責につくという勝手な思い込みが強かったため「してやられた」と、現在の部長の席を続けることに敗北感に襲われ、深い悩みを持っていた。

法座が終ると、講師に面会することが出来た。師は清治に向ってこう語り続けられた。

「苦の根源を他に求めていたが、自己にあるのです。念仏者は無碍の一道なりとあるでしょう」

清治はひたすら自己との戦いに入った。「俺は地獄に堕ちた」と鬼を外に見ていた。だから外からの力で落とされ苦しむのだと、責任転嫁をしているだけだった。苦しみ恨みの全ては、自分自身の矯慢《きょうまん》より起こるものであり、その偉ぶり、つまり頭が高いから、どこへ行っても突き当り痛い目にあうのだと、如来の鉄槌《てっつい》に目が醒めると思わず涙がこぼれてきた。清治は初めて如来の広大なみ心に触れたのである。

坊守が「粗茶ですが一服どうぞ」と、正座している清治の膝前に湯呑みを置いた。

「お住いはお近くとか。これをご縁にどうぞお出で下さい」

清治は「はい」とだけ返事をし、続いて講師に深々と頭を下げた。

「先生、お会いできて嬉しゅうございました。これからもよろしくお願いします」

こう礼を述べて講師の控え室を出た。長い廊下を渡ると、玄関に住職の姿があった。

住職は今日の奇しきご縁の礼を述べながら、「河井さん、今日は何の日かご存じですか」

と問うた。

「いいえ、知りません」

「今日は清沢満之の御命日です。三河のお方です。この先生が明治時代、一般の人にも『歎異抄』を読むことをおすすめになられました」

「そうでしたか。これから清沢先生のお話もお聞かせ下さい。初めまして、本当にありがとうございました」

清治は両手を膝にあて、深く頭を垂れた。寺の方々に礼をすませ、広くはないが清掃の行き届いた境内を、薄明かりの外灯をたよりに山門に近づくと、閉門であった。脇門からそっと道に出ると、六月の夜道の足下は暑さが残っていた。寺の方を振り返り、清治は深々と頭を下げ、念仏を称えていた。

4

平成十一年五月、「江魚」の常連になって一年が経過した。今日も清治の相手は、支配人の山野と幸田章介である。

「幸田さん、もう一年になるよ」

「何がですか」

「常連になってよ」

「本当にそうですね」

「よいもてなしを」

「いいえ、私こそいろいろ教えていただいています。茶道のことも全然だったのに」

「でも幸田さん、向付のこと詳しいじゃない」

「それも河井さんから茶道の話を聞いて、本気で勉強しています」

幸田はカウンターの隅の棚から一冊の本を持ってくると、「こんなの読んでます」と手渡した。ぱらぱらと開くと向付の器の写真集である。

「幸田さん、このほかに何か趣味あるの」

にこにこ顔になった章介は、

「釣りです。磯釣りです。もう最高です」

あまり釣りの経験のない清治は話を切った。それでも章介は続けた。支配人は聞き流しながら手を動かしている。

「釣り仲間と会うと、徹夜でも話は尽きませんよ」

「そんなもんかね。ちょっと怖いね」

「でも楽しいですよ。怖いといえば嫁さんですよ」

「どうして」

「嫁さん、二つ年上の姉さん女房です」

「年上は宝というが」

「それ本当ですか」

章介は二歳年上の妻と二人で暮らしているという。

「私の嫁は保育士です」

「えっ、唐津のお店の手伝いは」

「だからアパート暮しですよ」

よほど子ども好きなのだろう。

「お子は」

「まだです。……その辺のことは」と避けられたので清治は追及しなかった。

「今日は話が弾み、お酒はあまり飲まれませんでしたね」

「もう十分です」

「私はまだ河井さんのことを何も聞いてませんね」

「こんな老いぼれの身の上話を聞いてどうします」

「興味あります」

「あなた、若いのに」

「若いから聞きたいのです」

「そのうち話すこともあるでしょう。今日はこの辺で失礼しますよ」

清治がレジで計算をすませると、支配人と幸田は合掌した。清治は別れの頭を下げた。

この店は、お客様を見送りするときに、合掌して深々とお辞儀するのが慣わしであった。


七月、清治は妻と大丸デパートの六階催場で夏の茶道具展を見て廻っていた。二人から離れた作品の前で、乱雑ヘアにカジュアルな服装のハンサムな青年がこちらをちらっと見て笑った。誰だろう。半信半疑でいると、向うから頭を下げた。近寄ってきたのは章介である。一年以上も白帽に白衣姿しか見たことがないので、直ちに見抜けなかった。

「こんにちは」

「こんにちは、幸田さんだったんだ。全く見当がつかなかったよ。こちらは妻の恭子です。こちらが『江魚』の板前の幸田さんだよ」

恭子が丁寧に頭を下げたので、章介は慌てて頭を下げた。

「私が幸田です。ご主人には大変贔屓にしていただいております」

「こんにちは、主人が大変お世話になっております。気に入ったと喜んで帰ってきます。今後ともよろしくお願いします」

「有難うございます。まだ未熟者です。河井さんと出会って私は変わったと店の者から言われます」

「幸田さん、大袈裟だよ」

「いや、決して大袈裟ではありません。これからもご贔屓《ひいき》お願いします」

「陶磁器に関心が深いとは聞いていたが、またどうしてここに」

「テレビで予告を見て知ったので、店の休憩時間を利用してぜひにと急いで見に参ったのです」

「茶の湯にも興味があったのですか」

「ありました。稽古の出来る状態でないので黙っていました」

午後の会場は、人はまばらだった。

恭子が「ここに腰を下ろしましょう」と言うので、三人は赤い毛氈《もうせん》の椅子に坐った。

「幸田さん、料理で一生生きて行くなら、茶の湯の稽古はやって損にはならないでしょう。お茶事には必ず懐席はつきものですからね」

「そうですか」と章介が返事をしたところへ、「ようこそ」と後方から三人を見つけたデパートの芸術部の部長、伊川が挨拶に見えた。

「先生、しばらくでした。ようこそお出で下さいまして。何かお気に入ったものがございますか」

「どれもこれも立派な品々ですね」

「はい、そうです。力作揃いです」

「奥様、何かお気に召したのがございますか」

「目を剝いて見ています。お値段もご立派で」

清治は書道は少々の腕前であり、古書にも知識をもっていた。書道教室を開いている部長夫人と書道仲間という縁で部長との交流が生まれたのである。

「こちらは先生のお孫さんですか」

「いいえ、私が時折楽しみに行っている天神の『江魚』の板前の幸田章介さんです。彼とはつい先程、この会場でぱったり会ったものですから、驚いて話していたところです」

「そうでしたか。私、こういう者です」

部長は幸田に名刺を渡した。章介も名刺を差し出した。どちらもよろしくとお互いに紹介し、来店をお願いした。

「幸田さん、お若いのに陶磁器に関心があるのですか」と、部長は章介に話しかけた。

「私、向付に興味をもっています」

「会場に善五郎の向付が置いてありますよ」

「はい、見ました。手が届かなくて、ただ見とれるばかりです。いつかきっと買えるような料理人になります」

「そうそう、その意気込みが大事だよ」と言ったのは清治である。

章介が腕時計を見ると、三時を廻っていた。

「河井さん、今日は『江魚』へおいでになりますか」

「今日は失礼します。支配人によろしく」

章介は急ぎ足で会場を出て行った。

「あなた、今時珍しい好青年ですね。あの人、結婚しているのでしょう」

「結婚して四年だったかな。奥さんは保育士らしいよ」

「それじゃ、ますます大変でしょうね」

清治と恭子は何かおいしいものでも買って帰ろうと、エスカレーターを乗り継いで地下二階の食料品売場へと下りて行った。

遠い空

1

章介は海の見える唐津の城下町で、生簀《いけす》のある和食の店として繁盛する「満帆荘」の長男として育った。祖父母、両親や周囲からも家業を継ぐのが当然のようにして養育を受けてはいたが、中学生になると自動車に興味を持ちはじめた。章介の部屋は車関係の雑誌が教科書を埋めつくすようにして置かれ、掃除に入った母の千恵を困らせた。

「章介ちゃん、どうにかならんと」

「かまわんといて」

「こんな車の本ばかり読んでいて、高校に通ると思うているの」と、不安げな母親の声も馬耳東風である。「別に」と他人事のような返事しか返ってこなかった。こんなふうだから千恵としては荷が重くなり、夫の哲也に章介の将来を諭すよう懇願した。

章介ものんきにばかり過ごしているのではない。高校進学後は大学受験か、料理の修業に出るか、それとも自動車関係の仕事につくのか、この三つのうち一つを選ぶのだ。俺は本当は何をやりたいのだろう。好きなだけでは駄目だなあ。本当に何だろう、と苦悩の毎日であった。


三年後の平成四年、章介は高校生活最後の夏休みを送っていた。高校生になっても車への熱は冷めなかった。バイクの改造やドレスアップなどにくわしい雑誌「チャンプロード」や車の専門誌「ヤングオート」などを読み耽っていた。

今日も親友の松下潤一とスクーターを飛ばし、近くの海岸の松林で、車の話に時間のたつのも忘れていた。トヨタの「ハイラックス」や三菱の「パジェロ」などジープ系は若者のおしゃれ感覚を刺激している。最近のレジャーブームで若い家族が楽しめるミニバン系が登場し好調なことなど、話題は尽きない。

話がとぎれると、二人は海の彼方の白い雲の流れに目をやった。章介は潤一の方を見ながら、「おい、帰ろうか」と声をかけた。「おお、帰ろう」と潤一が先に立って、ズボンに付着した雑草をパンパンと勢いよく叩き飛ばした。先に声をかけた章介の方が、なぜか立つのは鈍かった。スターターをまわしエンジンをかけると、互いに「またね」と言って別れた。

家に着いた章介は、疲れたのか応接間のソファーで寝入ってしまった。テレビは点けっぱなし。三時のワイドショーは聞く者のいない空間に空しく振動していた。

冷水の入ったコップを持って入ってきた父親の哲也は、テレビを消し、コップを口にあて、「ああ、冷たい。うまいなあ」と一気に飲み干した。眠りが浅かった章介はその声に目を覚ますと、両目を人さし指でこすりながら「お父さん、どうしたの」と尋ねた。

すると哲也はいきなり真剣な表情になった。

「章介、お前にとっては最後の夏休みだ。卒業後のことはどう考えているのか」

その口調は穏やかさを欠いていた。

「分からん」

章介もつっけんどんに答えた。

「分からんでは遅いぞ。はっきりせんか」

「サーキットの選手になりたいなあ」

無責任な発言に聞こえたのか、これが哲也の逆鱗に触れた。

「章介、寝ぼけて言っとるのか」

「本気だよ」

「冗談は休み休みに言え」

章介は顔に不似合いな大声で、「冗談じゃねえ」と逆らった。哲也は手をあげようとしたが、握り締めたまま下ろすと、こう言って部屋を出ていった。

「章介、お前の大事な将来のことじゃないか。大学に行くのか、家業の料理店を継ぐため修業に出るのか。ぐずぐずする時間はないぞ」

静まった部屋で、章介はソファーの上で両膝を抱えて座り、頭を伏せた。自分はなぜあんなことを言ったのだろうかと、自分自身が分からなくなっていた。

この三日後、家中の者がまだ寝静まっている早朝、章介は家を出た。両親には「友達と旅行する」とだけ書き置きを残した。


どこへ行くとも言わず一人旅に出た章介は、今、草むらに腰を下ろし、周りの草をむしり取っては無精気に虚空に放っていた。そんな自分が空しくなってきた。草を放っていた右手がだるくなってくると、両手を広げて「ああ」と溜息し、仰向けになった。辺りにはワイルド・ストロベリーが生い茂っている。ここは北海道、日高地方の三百近い牧場のうちの一つ、土田牧場である。

両手を枕に、いつまでも空を眺めていると、夏なのにはや秋を感じる空には白い雲が流れていた。こうして見ていると、現在も元気にしている祖母と以前、門徒寺へ参拝した思い出が甦ってきた。あれは章介が中学一年生のときだった。

長い廊下を歩いていると、途中に横二メートル、縦六〇センチくらいの大きな扁額に、「行雲流水《こううんりゅうすい》」と書かれているのが目に止まった。それをじっと見つめる章介に気付いた雲《うん》水《すい》が側に近づいてきて、「中学生のお兄さん、何か感じましたか」と尋ねた。

「はい。書いてある漢字は読めますが、これには何か深い意味があるのかなあと考えていました」

「そうそう、大変いいところに気付きましたね。私達人間はいろいろな執着から離れることは容易ではありません。その執着を離れ悠然としている人間の相を書かれたものです。この行雲の『雲』と、行水の『水』の一字を併せた『雲水』が、私たち修行僧のことを言うようになったのです。私は名ばかりの僧で恥ずかしい次第です。私も精進します。坊やも頑張って下さい」

「ありがとうございました」

祖母も一緒に、「ありがとうございました」と深く頭を下げた。

章介にその言葉の本当の意味が受け入れられたわけではないが、なんとなく胸に響いたことを覚えている。いつまでも空に浮ぶ雲を眺めながら、少年の夏の追憶に耽っていた。青空に浮んだ雲をただぼんやりと眺めていた。風が吹けば素直に姿を変える雲、浮かんだと思うと消えている自在な姿に改めて感動している自分がいるのが不思議である。

章介は発作的に親に反発しただけのことで、深い理由があったわけではなかった。この北海道の地まで来て、全くの我がままな自分が悠然たる雲の流れに何か心苦しさを感じているのは事実である。

祖母の思い出が消えると、雲の上に今は亡き祖父の顔が浮かんできて、「章介、お前は馬鹿だなあ」と笑った。章介はどきっとして立ち上がると数歩駆け出していた。風は無情にも雲を流散させてしまった。幻想だったのかと現実に返った。しかしいつまでも「章介の馬鹿、アハハ」と笑う声が耳から離れなかった。祖父が往生を遂げたのは章介が小学生の頃であるが、雲の上の祖父を信じたい気持であった。

ここの牧場主の土田隆光さんは、祖父が満州鉄道会社の重役時代に部下であった土田鉄造さんの長男である。祖父がまだ健在であった頃、呼子の我が家へ鉄造さんも隆光さんも何度か来訪され、そのつど、小学生の章介は可愛がられたことを今でも鮮明に覚えている。

祖父が鉄造さんと酒を酌み交わしながら談笑するのを、章介はよく側に坐って聞いていた。そのときの話題にこんなものがあった。

「鉄造さん、あの絵はどうなっているだろうかね」

「あの絵って何ですか」

「満州を引き揚げるとき、横山大観の富士の絵を油紙に包んで、土深く埋めて逃げ帰ったじゃないか。あのときの絵だよ」

「ああ、そうそう、私も手伝いましたね」

「今発掘したら、この旅館の大改修が出来るのになあ。残念残念」

「もう諦めるほかないでしょう」

「正直私も忘れていたのだが、今思い出すとやはり執着が湧いてきて、心にざわめきが起こってきたよ、あっはっは」

「口惜しいです」

「もうよかよか、鉄造さん、飲んで下さい」

「いやもう結構です。最近こんなに飲んだことありませんよ」

話は深夜まで続いた。祖父の傍らで寝入った章介が朝、目を覚ますと、子ども部屋のベッドの上にいた。満州を引き揚げてきた祖父が旅館を経営していた頃の話である。

章介は高校三年生になって初めての家出を決行したものの、行先にはこの土田家を頼って、二、三日、牧場の手伝いをしていた。

広野に立った章介は、祖父の「馬鹿者」に答えた。腰を少し折り、状態を前倒しにすると、両手を口の端に広げて「俺の馬鹿」と叫び、上体を上げた。と、その声は三千大千世界に広がっていったような気がした。すると今までモヤモヤしていた雑念が宇宙の彼方に向って放出され、すっと胸が空っぽになって、身も心も空を飛んでいるような爽快感を味わった。風は足元の草をなびかせて走っていく。雲は空を覆いはじめている。章介の心に信仰への思いが広がる。本当に俺は馬鹿だ。父親に歯向かい、家出した世間知らずの自分が、次第に悔やまれてきた。

日高地方の牧場はサラブレッドの産地である。でも競走馬となると、毎年わずか五、六頭しか生まれないという。馬に人参をという話はよく聞くので、全ての馬が人参を食べているのかと思うと、そうではない。上馬と下馬とに分けられ、下馬には人参は食べさせないそうだ。そんな馬は幼い頃から人参を目にしたこともなく匂いも嗅がないので、成長して顔に人参をこすりつけられても食べないという。それに反し、上馬は幼い頃より、モリと人参を食べ、強い競走馬に育てられていくという。

章介は、自分は馬だったら人参を食べる価値のある人間か、食べる価値がない人間の方か、両親はどう思っているのだろうか。あの父親の態度は人参を食べさせようとしていたのではなかったのか。そんな親の心も分かろうとせず、反発した浅はかな俺はどうしたらよいのだろうか。

また耳元で祖父の声がした。「章介、早く帰ってこい」と聞こえたように思えた。疑ったが、確かに祖父の声だった。

2

章介の家出から三日目。普段は寝付きのよい哲也も、この夜は眠れなかった。寝室が暑いからではない。クーラーは微温を立てながら、蒸し暑い夏の夜に冷風を送っている。寝返ってみたが同じだ。やはり章介のことが心にかかって、安眠を妨げているのだろう。哲也は自分の若い頃を振り返っていた。

まだ店を継ぐ前のことである。呼子の邸宅が道路拡張のため立ち退くことになった折、哲也

は、家屋を整理して唐津に和食の店を開店したいという父親の要望を聞かされた。それが実現すれば哲也自身が一大決心をせねばならなかった。話は順調に進み、億の借金ではあるが鉄筋二階建ての近代的な和食の店が開店した。店名は「満帆荘」である。外勤めの哲也は、退職すると我が家で腕を振るった。店は繁盛し、今日まで順調に続いている。そんな店を息子に継がせたいと思うのは至って当然な親の情といえよう。だから頑張りもするのだ。人間、いかなる職業につくかは個人の自由だというけれど、親の願いは聞いてもらいたいものだ。出来れば後継者をと望む親心も話しておきたい。

あれやこれや考え込んでいるうちに目はすっかり覚めてしまった。暗闇の中で目を開けると、チカチカと火花が散るような現象が起こった。疲れているのだろう。また目を閉じたが、心がざわめき駄目である。こういう状態の中で考えてみても、思考はますます深刻な方へと流れていくものだ。

章介は自殺するのではないだろうか、と不安な心が襲ってきた。今年の春、隣町の高校生が自殺をした。同じ年の従兄弟がいて、二人は小学校から高校まで同じ学校に通った。母親たちは猛烈な教育ママで、息子たちの競争は激しさを増すばかり。「あやつに負けられぬ」と頑張ったが、二人の間に差が開きはじめていた。外目には仲が悪いのでもなく、競争は成績向上に相乗効果があって、親たちも安心していた矢先のことである。とうとう一人が「もう疲れた。ごめんなさい」と短い遺書を残して、九重に近い山中で短い人生を終えたのだった。

この出来事を暗闇の中で思い出した哲也は、ベッドから起きると台所へ行き、冷蔵庫から麦茶を取り出してコップに注ぐと、ぐいっと一気に飲み干した。テレビの前に行ってカチャカチャとチャンネルのボタンを押したが、どこもニュースの報道はしていない。時計を見ると十一時を過ぎたところである。まだこんな時間かと、眠れないいら立ちに、テーブルの上についた両手に頬をのせて思案したが、頭の中はぼーっとなり、思考は止まってしまった。きっと帰ってくると信ずるほかはないと思い返し、ベッドに戻って横たわったが、やはり浅い眠りに終った。

翌日の早朝、北海道の土田隆光から電話がかかった。

「もしもし、北海道の土田です。おはようございます。ご無沙汰いたしております。章介君が来ています。ご安心ください。章介君は連絡しないでと頼んでいたが、そんなわけにもいかないし、勝手に電話をしているんですよ」

「そうですか。こちらこそご無沙汰しております。大変ご迷惑をおかけいたしまして恐縮です」

哲也は受話器を握ったまま二回頭を下げた。

「何か言っていたでしょうか」

「いや、何も言っていません。ああ、そうそう、親父と喧嘩したと言いながら苦笑いをしていましたよ。高校生最後の夏休みの思い出に来たとも言っていました」

「ああ、そうでしたか」

哲也は安堵感で寝不足も感じなかった。

「本当にご迷惑とは思いますが、よろしくお願いします」

こう言うと、また深々と頭を下げた。

「はい、分かりました。章介君は明るくてよい子ですよ。心配いりません。北の大地の空気を腹一杯吸って帰るでしょう」

「出来るだけ早く帰るようにお願いします。ぜひ唐津にもお出で下さい。ではお願いいたします。さようなら」

「大丈夫です。さようなら」

受話器を置くと、周りが静寂になり、家具の一つひとつが光を放っているように見えた。悩んだだけに、息子の無事を知らされた喜びの心にそう映ったのだろう。

哲也は台所の入り口に立つと、「おーい」と、朝食の支度をしている千恵に声をかけた。

「朝早くから大きな声を出して、びっくりするじゃありませんか。今さっきの電話はどちら様からでしたか」

「北海道の土田さんからだよ」

「あっそう」

千恵の返事が軽く聞こえたので、哲也はややむきになった。

「あっそうとは何だよ」

「何だよって」

「その返事は空々しいじゃないか」

「私だって章介のことは、あなた以上に心配していますよ」

「そうは見えないね」

「もうそんな、人の心の詮索なんかよいじゃありませんか」

「本当はお母さんは章介の行き先を知っていたんだろう」

「さっき言ったでしょう。お互いの心の中の詮索はやめましょうと」

千恵も語気を強めた。

「章介は口癖のように、いつも北海道、北海道と言っていたでしょう。だから多分そうではないかと、確信はなかったけれど予感はしていました」

「お母さんの予感通りだ」

千恵は淡いブルーのテーブルクロスの上に温かいミルクの入ったコップを置いた。寝不足顔の哲也をいたわるように、

「あなた、朝食は召し上がるでしょう」

「お願いするよ」

こう言うと哲也は洗面所へ行き、戻ると所定の椅子に腰を下ろした。

今年の夏は特に蒸し暑い。昨日も朝から蒸し暑かったので、熱中症で倒れる人が多かったらしい。医者も水分を多く摂るようにとすすめている。

「あなた、お茶は冷たいのですか、熱いのですか」

「熱いのを頼む」

有田焼の山水の染付けの筒の湯呑みにたっぷりと入れたお茶を哲也の前に置くと、千恵は言った。

「本当に章介が北海道へ行くとは聞いていません。よく馬に乗りたいとも言っていたし、そうではないかなあと全くの勘なんです。あくまで勘ですよ」

千恵は自分の勘が図星であったことに少々驚きを感じていた。哲也は笑みを浮かべて、

「よかったね」とつぶやいた。

「あなた、帰ってきたら叱らないでね」

「うん、分かってるよ。章介がどう出るかだ」
「そうですね」
妹の早苗が「おはようございます」と言いながら台所へ入ってきた。

章介は、牧場の馬と人参の話をまた考えていた。駄馬に人参を食べさせることは、経済的に無駄ということになるのか。同じ馬に生まれたのに……。そう考えながら、ふと俺は子どもの頃は人参が嫌いだったなと思い出していた。俺だけではない、多くの子どもが人参を嫌った。人参は栄養価が高いから、大人たちは何とかして人参を食べさせたがった。子どもが喜んで食べるにはどうしたらよいか、家庭でも給食でもいろんな工夫がされているだろう。いつしか章介は、料理人の身になって人参の献立を考えていた。そんな自分に驚き、本当は料理への心が心底に潜んでいるのではないかと感じた。今は亡きアメリカ映画スターのリバー・フェニックスの少年の頃にどことなく似ている章介の顔に、笑みが戻ってきた。

章介は家出して一週間ぶりに我が家へ帰った。応接間のテーブルに両手をついて、深々と頭を下げ、自分の非を詫びた。両親はただ一言「無事でよかったなあ」と言ってくれた。

内心、大きなビンタをくらうのではないかとビクビクしていただけに、拍子抜けすると、急にポトポトと涙を落とした。

「お父さん、お母さん、俺、料理の修業するよ」

涙顔を上げると力強く言った。

「高校卒業したら、すぐ修業すると本当に決心したのか」

哲也の声は震えていた。千恵の目は涙で潤んでいる。

「章ちゃん、北海道に行ったのは無駄ではなかったね。よかったね」

「お父さんたち、台所へ来てよ。コーヒーを入れたから」と早苗が呼んだ。テーブルの上にはモンブランのケーキとコーヒーが並べられている。三人は異口同音に「それじゃ行こうか」と言って、同時に立ち上がった。幸せな匂いが漂っている。

台所からは四人の「美味しい」、「美味しい」という声と、コーヒーカップが皿と触れ合う磁器の音がリズミカルに聞こえてくる。これも一家の朗報を物語っているのだろう。悲劇が転じて喜劇となるというとちょっと大袈裟だが、両親は心の中で万歳を叫んでいた。

章介はテーブルを離れると、親友の潤一に電話をかけた。

「もしもし、俺、北海道に行ってきたよ。今日帰ってきたところだ」

「えらい遠い所へ行っとったな。知らなかった」

「明日、お前の家に行くが、どうだ」

「ええよ。何時頃だ」

「午後七時頃かな」

「だったらもうちょっと早く来いよ。俺の家で飯食ったら。何もないけどな。話がご馳走だ」

「詳しい話はそんときに、一大トピックスをね」

「じゃ、待ってるよ、バイバイ」

「さようなら」

電話を切ると、章介は自分の部屋へ入っていった。

楓の梢に

1

「河井さん、どうぞ」

章介はカウンターの向うから備前焼の火襷《ひだすき》の徳利で酒を注ぐと、清治にこう聞いた。

「今日は『歎異抄の会』の帰りですか」

「そうです」

「私、『歎異抄』の本を読んだことも話を聞いたこともなくて、河井さんが来店のときに少し話されるので知ったくらいです。でも書名は覚えましたね」

「うん、まず書名を覚えることは大事だろうな」

「異なることを歎く、ですね」

「そう、この店の仕事だってそうでしょう。店の精神というか、願いというか、その方針があるでしょう。その店の願いと店員の願いがバラバラだったら、店長は歎くだろうな」

「そうですね」

章介は深く頷いた。

「店の願いと店員の願いが一つになって精進するとき、店は活気づくのではないだろうか。ただし、店の願いが何であるかが大問題になってくるけどな」

「難しい話になりましたね」

「話題を変えよう」

「話ばかりで、酒も料理も冷えてしまいました」

「ああ、そうだな」

清治は慌てるようにして、食べて、飲みはじめた。時間が早かったのか、広い店内のテーブル席に客はまばらだ。カウンターの向こうには支配人と章介が立っている。

「私の妻は茶の湯をやっているが、稽古のときも茶会、茶事のときも、宗教や政治、世事のもめごとの話は極力避けるのが原則になっていると言って話さないね。専ら文芸的、芸術的な話に熱中しているよ」

「初めて聞きました」

支配人も章介も同じことを言った。

「人の『和』を考えるからだろう」

「それでは、この店はどうですか」

章介が質問した。

「同じでしょう。ここは特に酒が入るから、和を乱すような話は避けるべきでしょうね」

章介は急に思い出したように言った。

「お酒、追加しましょうか」

「もういいでしょう。今このカウンター席にお客はいないので、ある程度の政教の話は出来るでしょう。今日『歎異抄の会』で聞いた話だけど、『十悪の凡夫』という話がありました」

「十悪の凡夫とは、数の十ですね」

「そうです。仏教の教えです。人間は身、口、意が濁っているというのです。錆ついているということです。身から出た錆が三つ、口から出た錆が四つ、意から出た錆が三つだから合計十個になるでしょう。それを十悪といっています。身の方は、まず殺生から次に偸盗《ちゅうとう》、そして邪淫《じゃいん》の三悪をいいます。次は口から出る災いですね、これが四個あります。

悪口《あつく》、両舌《りようぜつ》（二枚舌）、妄言《もうごん》、綺語《きご》をいうんです。最後が意、つまり心です。貪欲《とんよく》、瞋恚《しんに》、要するに怒りです。そして愚痴、この三つが意の汚れです。誰のことを言っているのでしょう。他人事にしていませんか」

また章介はカウンターでの仕事の手を休めて、「そこまで自分を責めるのですか」と疑問に思ったままを口にした。

「その自分に疑問を持つことが大事です。俺とは何者か、とね。この十悪のなかの一つでも自分に当てはまれば、十悪の凡夫、罪業の凡夫ですよ」

「人のことは言えませんね」

「本当にそう受け止められたら世の中はもっと静かになるでしょうよ」

「そうでしょうね」

「ここは魚介類の殺生の場だから、その罪業の深さに目覚めることでしょう。その自覚が深まれば料理に深みが出るでしょう。金子みすゞという詩人の歌にこんなのがありますよ。

朝焼小焼だ
大漁だ

大羽鰮《おおばいわし》の
大漁だ。

浜は祭りの
やうだけど
海のなかでは
何万の
鰮のとむらひ
するだらう。

（「大漁」『金子みすゞ全集』）

利休さんは食は空腹をしのげば足るといっているが、今は毎日安心して美味しく食事が出来、またこうしたご馳走をいただけることは、その陰に生き物の生命を奪いながら、今ここにこうして生かされていることを有難くいただくものですね。だから食前に手を合わせ『いただきます』という伝統が生まれたのでしょう。この深いご恩の心が薄くなって、毎日の食事が当り前と思って食べているのかな。恥ずかしいことです」

章介は料理の準備をしながら河井の話に耳を傾けていた。

「金子みすゞさんの詩を書いて下さい」

「書いたのを持ってくるよ」

「ありがとうございます」

客が一人、二人とカウンター席に並びはじめた。

「長い話を聞いてもらってありがとう」

「私こそありがとうございます」

清治はそれ以上話すことはなかった。次々と出される料理をしっかり味わいながら、最後は熱めのお茶を飲み終わると、席を立った。

「お世話になりました」と木戸まで行くと、章介が店先まで送りに来たので、清治は握手を交わして別れた。


二週間後、備前焼の三人の作家の作陶展が大丸デパートで催されたので立ち寄った後、清治夫妻は「江魚」へ顔を出した。「ごめん下さい」と店内に入ると、素焼きの大きな瓶に季節の秋の花が大きく活けられ、周りは打ち水ですがすがしい。

「いらっしゃいませ。どうぞカウンターへ」と女子店員の声もすがすがしい。

「ありがとう」

清治はズボンのポケットからハンカチを出して口元を拭くと、

「今日はちょっと立ち寄っただけなんです。外に妻を待たせているので失礼します。幸田さんはいますか」

「いいえ、今日は休みです」と言う坂口に、清治はカバンから封筒を取り出して渡した。

「坂口さん、この前、金子みすゞの歌を幸田さんから頼まれていたので書いてきましたから、渡して下さい。お願いします」

「はい、必ず渡します。幸田は喜ぶでしょう」

「また近々『歎異抄の会』があるから、帰りはお世話になります」

「お待ちしています」

店員二人が店先まで来て見送った。

恭子は近くの喫茶店で待っていた。店内の通りに面した窓からは、今にも夕立が来そうな雲行きがビルの合間に見える。曲が数名の客の間を流れるが、清治は聞き覚えがない。年を感じていた。場違いな所にいるようで落ち着かないが、恭子はお茶の仲間とよく行くらしく、店の雰囲気にとけこんでいる。

背丈の高い若い男の店員が注文をとりに来た。「チーズケーキと紅茶を。あなたも同じでよろしいですか」と恭子が尋ねるので、清治は「はい」と返事をした。店員は「しばらくお待ちください」と言って仕切り書を置いていった。

「おい、恭子さん、今日は歩き過ぎて疲れたな」

「私も疲れたわよ」

「そうそう、明夫さんのこと、どう思う。まだはっきりしないが、こんな話は二度目だろう。依子が騒ぎすぎるのかも知れないがね」

依子から夫の明夫が浮気しているかも知れないと打ち明けられたのは数日前のことである。名前を名のらない女から電話で忠告されたのだという。

「小学生の子どもが二人もいるのに、それに経済的にも余裕があるというわけでもないし。病気なのかしら」

「魔が差したのかも知れないだろう。中傷やいたずら電話かも知れない。真相は本人が知っていることだし、俺は明夫さんはそんなことをする男ではないと信じているがね」

「あなたは男だから男の味方をしているのでしょう」

「おいおい、鉾先をこっちに向けるなよ」

危うくなったところへケーキと紅茶が運ばれてきた。

「お待たせしました」

ぷーんと紅茶の香りが二人を甘く包んでくれた。しばらく沈黙が続いた。清治はケーキにフォークをつけ、口へ運んで紅茶を飲んだ。ケーキが砂糖代わりで、この飲み方が習慣になっている。紅茶が喉越すと、清治は低い声で恭子に語りかけた。

「孔子が四十代にして惑わずといっておられるのは、逆に惑い易い年頃ということだよ。社会的にも職業的にも、よい役職が与えられ、経済力もついてくるので、つい女へ心が動いていくこともあるのだろう」

「そうね」

恭子は頷きながら紅茶を飲んでいる。清治はケーキにフォークを持っていったまま話を続けた。

「あのね、誰かがこんなことを言っていたよ。男は金が身の程を越すと女や賭事に狂い、その悪癖が身に付くと、金がなくなっても女と賭事はなかなかやめられないそうだって」

「あなた、なかなか詳しいのね」

「聞いた話だよ。俺はそんな金持ちになれなかったからな」

「そのかわり私は大変苦労しましたよ」

二人はいつしか自分たちの若かった頃を思い出していた。清治は恭子に向って声に力を入れて言った。

「恭子さんよ、金少なき男と結婚するのは必ずしも不幸ではなかろう」

恭子はうんともすんとも言わず、苦笑いしながら誤魔化していた。清治はケーキのことも紅茶のこともすっかり忘れて話し続けた。

「『歎異抄』にね、『さるべき業縁の催さば、いかなる振る舞いもすべし』と書いてあるんだよ。これが人間の真相だよ。業縁があれば盗みもする。人殺しだってする。浮気もする。縁に動かされ何でもしかねないし、そういうことをせぬのは、それをするだけの業縁がなかったまでのことで、自慢するのもおかしい。そうなると人の悪行を責め、咎めることもどうだろう。ただし、そうであるならどんなこともしてよいのだと勘違いしてはならない。むしろそうだからこそ、毎日の自己への内省を怠ってはならないんだ」

清治の話を恭子は黙って聞いている。

「火の気のないところに煙は立たぬと言うからね。それでも依子は夫の言葉を信ずることが出来るかだよ『信は力なり』と思う。信じられることによってその

人に裏切れない心が起こって、信じている人の願っているような人に転ぜしめる力があるということだよ」

二人は火の気のない、ただの噂であることを願っていた。人の家庭を崩壊させるような電話をするなんて、どんな女だろう。清治は捜し出してやりたいものだと思いながら、冷めた紅茶を飲み干した。依子が深く傷付く姿を見るのは辛かった。

清治は依子に対して、頭の上がらぬ、言いようのない深い傷を心に持っていた。


清治も恭子もまだ若く、恭子が二人目を身籠ったときの話である。

三月初旬、出産を一カ月後に控えた頃、恭子は身体の変調を訴えるので実家に帰っていた。近くの医院で診察すると、妊娠中のことだから安静にしていれば大丈夫だよと、医師は来診を続けてくれたが、日々に視力の衰えと手の指先の痺れは増してくる。それを話しても、ただ大丈夫ですと言って帰っていく医師に対し、皆が不信感を募らせていた。

「別の先生にお願いしてよ。指も全て痺れるようになったし、物を握るのに力が入らなくなってきたから、ぜひお願いします」

恭子は細々とした声で母の絹子に懇願した。絹子は目頭にそっと手をやり涙を拭くと、少し震えた声で「お父さんに相談するから待っていなさいよ」と言うと、畳をするような音を立てながら電話口へ急いだ。そして二十分程で恭子の枕元へ戻ってきた。
「恭子、お父さんへ電話をしたら、自分の仕事のことばかり考えて恭子のことを放って
すまなかったとお詫びされてね、久留米で有名な西島産婦人科病院に相談するからしばら
く待つようにと言って電話を切られたのよ」
恭子は二重瞼の大きな目を見開いて母を見ると、心が安らいだように目を細めて「あ
りがとう」と礼を言った。
待つ時間は長く感じるものだ。二歳になる孫の裕一は積木で遊んでいたが、炬燵《こたつ》の中で
寝入っている。もう昼というのに、キッチンからは音一つしない。絹子は恭子と裕一の間
を忙《せわ》しなく行き来していた。
ジリジリジリジリリーンと電話の音。
「もしもし山瀬です。あ、お父さんですか。ご相談出来ましたか。そう、出来た。ああ
よかったですね。ああ、はい分かりました。それでは準備します。お父さんも出来れば病
院に来て下さい。待っていますから」
絹子は電話を切ると口早に恭子に告げた。
「恭子、病院にすぐ連れて来なさいだそうよ」
「ありがとう」

二人の間に安心と不安が同居していた。もう荷物の用意はできている。タクシーを待つ間、絹子は恭子の枕元に座って、無言で娘の頭髪を撫で続けた。心の動揺も幾分収まり、笑顔で一言「よかったね」と言うと、恭子は「うん」と頷いた。

病院に着くと急いで診察室に運ばれた。絹子は一人、控え室で診断を待つ。早く呼ばれることを願いもし、遅く呼ばれたいという気持にもなり、複雑である。話し相手もおらず孤独感に落ち、寂寥の思いであった。

「山瀬さん、お出で下さい」

「はーい」

絹子は深呼吸して中に入った。

「お母さんですね」

「はい、母でございます」

「院長の西島です。ご主人とは何回かお会いしたこともあり、そうしたご縁でお電話をいただき、よかったですね。今のところ血圧が非常に高く、母体も弱っていて、この状態でお産は無理でしょう。このままでは母体が危険な状態ですから、近親者に早く来院されるようお願いします」

「手遅れになるところを診ていただいてありがとうございました。娘の夫に電話をします」

「それがよいでしょう」

「では、よろしくお願いします」

絹子は診察室を出ると、夫に電話し、次に清治が支店長を務める静岡の店に電話をした。しかし、多忙な清治は会議中で、「しばらくお待ち下さい」とのこと。絹子は電話機をポンポンと叩いて待った。事は急である。飛んで行けるものならと、心は静岡に飛んでいた。やっと清治が電話口に出た。

「清治さん、会議でお疲れのところでしょうが、恭子が大変なのよ。今日ね、あ、今、久留米の西島産婦人科病院から電話しているのよ。非常に危ない状態だから急いで病院まで来るようにと院長先生から言われたの。とにかく急いで来て下さい。お願いします」

「そうだったんですか、社員たちに事情を話してすぐ参ります。よろしくお願いします」

肩の力の抜けた絹子は、恭子のベッドの側でひたすら夫と清治の来院を待ち続けた。病状を知らされて一層不安になると、暖房された病室でも異様な寒さを感じる。それでも眠り続けている恭子の側で神妙に俯《うつむ》いていた。

夕方、病院に着いた恭子の父浩太郎は促されて一旦家に帰り、翌朝早く来院して清治を待っていた。

そこへ清治が青ざめた顔で病室に入って来た。

「お父さんお母さん、おはようございます。夜行列車で遅くなりました。恭子はどうなんですか」

「おはよう」

「疲れたでしょう。もうすぐ院長先生からお話があるそうです。ご飯はどうですか」

「食堂車ですませてきました」

「まあお茶でも」

絹子の心も落ち着かず、差し出したお茶は白湯のように薄くて生ぬるかった。

「清治さん、遠い所を来てもらって心配だろうが、先生から呼ばれたら行きましょう」

「はい。恭子は大丈夫でしょう」

浩太郎と絹子は黙って頭を垂れていた。

「おはようございます。皆さんお揃いですか」と言いながら看護師が入ってきた。

「おはようございます。揃いました」

絹子の声は低かった。

「診察室の方へお出で下さい」

肩幅がなく胸も薄い、気の強そうな感じの看護師は、言葉少なに言い残して出ていった。

院長前の椅子に浩太郎が腰掛け、その後ろに絹子と清治は立って話を聞いた。

「昨日お話したように、まだ血圧が高いので、この状態が続けば母子共に危険です。どちらか死を選ばねばなりません。出産を望めば母親の死を選ばねばならないし、母親を生かせば子は死産になります。どちらを生かすか、どちらが死を選ぶかを、あなた方で決めて下さい」

「清治さん、君はどう決める」

浩太郎は険しい表情で清治を見つめた。絹子は嗚咽を押し殺している。

胎児はまだ見ぬ子、せっかくここまで成長した子を殺さねばならぬかと思うと、清治の胸は動悸で息苦しくなっていた。しかし、胎児には可哀相だが、恭子もまだ二十代の若さである。恭子を殺しては、この俺だって今後どうなるか。清治のエゴは胎児を殺すことに決めたが、こんな残酷な選択を容易には口に出来なかった。すると、浩太郎が言った。

「清治さん、子どもをあきらめなさい。胎児には申し訳ないが、恭子を生かして下さい」

蒼ざめた清治は目に涙を浮かべ、黙って頭を下げた。

「それがよいでしょう。二、三日、病状を見てからにしましょう。お休みください」

「ありがとうございました。よろしくお願いします」

言葉少なく三人は診察室を出た。

翌日、院長に呼ばれた。笑顔があった。きっと母子共に助かるのではないかと予感がした。やはりそうだった。病院へ運ばれる途中、自動車に揺れたことが恭子の血圧を異常に上げ、また不安も募って脈の乱れも危険な状態を示したようだ。安静と適切な治療により、その状態は一応脱したという。このまま適切に治療すれば、無事出産も可能であり、母親も大丈夫という説明を聞けて、三人は心からほっとした。

病室に戻ると、目を閉じて結果を待っている恭子の顔をじっと見つめることが出来た。今まで気付かなかった病室のピンク系の明るい彩りの可愛らしさに、心も明るくなっている。清治は恭子の手をそうっと取り、握りしめて言った。

「予定通り母子とも無事安産間違いないというお話だった。よかったね」

「ありがとう。しっかり治療して、いい子を産みます。あなた一人にして不自由でしょうが、すみません」

「俺は何とかやるから大丈夫だ。安心して元気な子を産んでくれ、頼むよ。お父さん、お母さん、お願いします。静岡へ帰ります」

「忙しいところ大変でしたね」

絹子は清治を労った。

「僕は一人で大丈夫だから心配しないで下さい」

「清治さん、身体を大事にね」と言ったのは浩太郎であった。

「もう帰りますので、恭子をお願いします。さようなら」

「さようなら」

後のことを病院や両親に頼むと、清治はタクシーで駅へ向った。駅の構内で週刊誌を二冊買い列車に乗ったが、どうも読む気がしない。昨日の診察室での浩太郎とのやりとりが脳裏をかすめた。院長の指示とはいえ、二人で胎児の死産を依頼したのは事実であり、否定は出来ない。殺人未遂罪を犯したことになる。出産した暁にどう詫びたらよいか。成長したときにも話すことは出来ない。一生秘密にすることに決めた。

予定日より七日遅れの四月八日、女の子が生まれた。依子と命名した。


この出来事は清治にとって、その後も折にふれて思考を迫るものとなった。このような騒動になったのも因縁の生ぜしめるところ、適切な治療が施され無事出産し、母体が無事であったのもそのときの因縁所生《しょしょう》、大いなる永久の生命の働きによって起死回生の不思議を得たものといただくほかはない。人間の思いを超えたとは、生も死も絶対の働きにおまかせ申すほかはないということになる。その無限生命の透明なる働きの不可思議にただ跪《ひざまず》くほかはなかった。

いつもというわけではないが、依子を目の前にすると、あのとき難産のため死産を選んだことを思い出してしまう。そうしたとすれば、、この子の今はないのかと思うと、ぞっと寒気が全身を襲う。そして、同時に、どんなことが起こってもこの子を守ってやらねばならぬと思ったものだった。その心は今も変わらない。

その依子も今は二児の母親である。生死を漂うた幼い命も、この世に強縁があって桜の花の散る頃、釈尊降誕の四月八日に産声を上げ、四十年になる。銀行マンの夫と出会い十数年。依子は育児に専念し、夫への気配りは母親譲りで細やかなところもあり、尽くすタイプである。あまり隙のない生活振りが、かえって夫の家庭での生活を息苦しくしているのかも知れない。女性の側からいえば贅沢な話ということになろう。男は女の、女は男の深層まで理解することは容易でない。

清治と恭子は、明夫の浮気がどうも信じられなかった。しかし、「あばたもえくぼ」という諺もあるように、彼女のえくぼが、歳月が過ぎ実はあばたであったと分かると落胆する。しかし、自分の目が不確かだったとは気がつかない。相手の非しか見ないのだ。問題は自分にある。相手が誤摩化していたのでもない。人は素直に自分の間違いとは受取れない。愚痴が出る。それが理由で浮気をする御仁もいるかも知れない。

「恭子さん、俺は明夫君のところへ電話するよ」

「そうして下さい。向うの空いた日に合わせて怪電話の真相をよく聞いて下さいね。頼みますよ」

「日が決まれば私が一人で行って話してくるから。何か言うことないの」

「何もありません。おまかせします。大変でしょうが、よろしくお願いします。よい返事を待っていますので……」

「恭子さん、依子とは反対の立場になるが、『歎異抄』の作者、唯円房《ゆいえんぼう》大徳にこんな話があるよ」

清治は追加の紅茶を頼んで、話しはじめた。

「『歎異抄』は唯円房大徳の筆になったものだという説が強い。その唯円房大徳は、前は平次郎と名乗っていた。平次郎の妻は深く親鸞聖人を信じ、念仏の聴聞に心掛けていた。それを平次郎は好まなかった。小言や、酒の勢いで暴力も振るっていた。それでも妻は平次郎の目を盗んで聴聞に出掛けるので、これはきっと聴聞にこと寄せて、好きな男のところへ通っているのではないかと邪推して、妻に真相を迫った。なじられても、妻はそうではないから、『そうではありません』と言うが、平次郎はますます疑って、とうとうその妻を殺して、死骸を裏の藪に捨てた。ところが捨てたはずの妻が甦ってきた。その有様を語り続けるうち、妻は平次郎の様子を見て、夫を伴って聖人のところへ行った。そして平次郎はいつの間にか妻に感化され、懺悔するようになったという」

店員は清治の話が終るのを見計らって、二人に紅茶を運んできた。紅茶の湯気が心の渇きを潤すようである。

今も昔も浮気の話は尽きないものだと、年老いた二人の心の中は妙にざわめいていた。

数日後の週末、清治は明夫と、ホテル大蔵の和食処「山里」で五時半に会う約束をしていた。先に到着したのは清治だった。十分程遅れて、明夫が怪訝な顔でやってきた。

「お父さん、しばらくでした」

「おお、明夫さん元気のようだね、何よりです」

「お呼びいただくなんて、最近珍しいですね。何かご用ですか」

「仕事も大変でしょうが、家の方はどうですか」

「別にどうということもないのですが、最近、依子の態度におかしいところがありましてね」

「それはまたどういうことですか」

「席について話しましょう」

「そうだね」

二人は奥のテーブルに席を取った。黒髪に大きな瞳の和装の女性店員が、メニュー綴を持参し差し出した。

「ご注文はコースですか、単品を選ばれますか」

二人がメニューに頬を突きつけて話していると、店員は「おまかせも出来ます」と言う。

清治は顔を上げ、「おまかせを二人前お願いします」と言った。

「はい分かりました。おまかせ二人前ですね。お飲物は」

明夫が「ビールだったら生の小さいグラスで下さい」と言いながら「お父さん、おまかせは贅沢ですよ」と言う。

「時にはいいだろう。まかせなさい。私もビールの同じものでいいから」

「ありがとうございます。しばらくお待ちくださいませ」と店員は笑みを残して離れた。

「お父さん、すみませんね」

「久し振りだから、今日ぐらいはゆっくり飲もうよ」

「じゃ甘えて、しっかり飲ませていただきます」

二人は置かれていたおしぼりを広げて、手を丁寧に拭き清めた。

ビールが運ばれ、それぞれの前に逆三角形型の円錐のグラスが置かれた。二人は手にすると、異口同音に「乾杯」と言って、目線のところまで上げ、ぐいっと一口に飲み、また異口同音に「美味しい」と言ってグラスを置いた。二人とも顔を見合わせて微笑した。その瞬間、清治は直感的に、この男は浮気なんかしていないのだと分かった。男の勘である。

そこへ女性店員が先付を運んできた。食材の品名を説明すると、飲物の注文を聞いた。

「日本酒をお願いします」

「銘柄はどれになさいますか」

「『大山』を下さい」

「当店のメニューには載っておりませんので……」

「それでは店のおすすめでいきましょう」

「はい分かりました。お酒もおまかせということで、それではしばらくお待ちくださいませ」

やさしい口調で語りかけ、笑顔で調理場へ帰っていった。

「ところでお父さん、何事ですか」

明夫はまた訝しげな顔に戻って尋ねた。

「いや明夫さん、怒らないでよ。噂だから信じてはいないが、私が聞いたままを話そう」

「私は何を言われても大丈夫です」

「そう、本当にそうだね」

「何事ですか」

「何だか馬鹿馬鹿しくて話しにくいけど、依子にとっては真剣なことだから。……やはり馬鹿馬鹿しいなあ。いや、重大といえば重大。実は依子のところに、ご主人が浮気しているかもよ、という怪電話がかかってきたというので相談を受けたわけよ。まあ、そういうことでこんなことになったわけです。疑って悪かったね。この話、全くの噂話だろう」

「勿論そうですよ。内心、お呼びだとはいい話ではないなあと予感はしていました。お父さんの顔に泥を塗るようなことはいたしておりません。ご安心ください」

そこへ店員が酒と料理を置いていった。二人のひそひそ話に気を使ってのことだろう。

明夫は徳利をとり、清治に酒をすすめた。清治も明夫になみなみと注いだ。

「そういえば思い当たることがあります。夕食に手抜きというか、愛情のない献立と感ずることがあったり、新聞紙の間に求人雑誌が挟まっていたこともあって、不思議に思っていたところです」

「それは離婚のための職探しかな。あの年で、思うような職なんかないだろうに」

清治は妙に明夫の肩を持っていた。盃は口につかぬまま話は続いた。

「お父さん、お会いできてよかった。それは誤解です。そういえば誤解されるようなことがありました。取引先のお嬢さんの縁談で揉め事があり、長いご贔屓の間柄だったので、仲介に入ったところ、お嬢さんが相談やお礼に来行されるので、外に出てお茶を飲み、親しく相談相手になったりしたのが噂の立つ種だったのだと思います。それに間違いありません。依子は苦しんでいたのですね」

「明夫さんは誰にでも優しいからなあ」

「私、銀行マンですから」

「明夫さん、酒が冷めたようだね」

「燗冷しもいいですよ。話は解決したし。でもすみませんでした」

「謝ることないよ、浮気したわけじゃなし。しかし人は見ていないようで見ているもんだね。でも自分が見た如くあると思い込む人間が多いから困るもんだね。自分の目は正しいという我見が邪見ではないかという吟味が必要だね」

「きっとそうですよ。私が依子に直接言っては感情的になりかねないから、お父さんから言って下さい。お願いします」

「依子から直に電話を受けたのだから、私が責任をもって話しましょう。念を押しますが、決して浮気じゃないですね」

「はい、神仏に誓って」

話が重大だったので、徳利に手をやることを忘れていた。

「お父さん、ありがとうございました。今日は飲みますよ」

明夫は徳利をとって静かに丁寧に清治の盃に注いだ後、自分は手酌でついだ。二人は緊縛感から解放され、酒を飲むほどに話題は懐かしさを交え情緒的な世界へと移っていった。勿論、家族愛についても話した。清治は最後に、『歎異抄』の聖道の慈悲と浄土の慈悲について領解《りょうげ》を語り、「歎異抄の会」へのすすめも忘れていなかった。二人は足の乱れもなく店を出た。

2

六月下旬、清治は「歎異抄の会」の帰りに、秋月名産の廣久葛本舗で買った葛の入った袋を提げて、「ごめんください」と「江魚」の暖簾《のれん》をくぐった。

「いらっしゃいませ」

やや甲高い声は支配人である。続いて章介と龍二が会釈しながら顔を出した。

「しばらくでした」

「本当に久しぶりですね」

「金子みすゞさんの詩は自宅のキッチンの部屋に貼っています。ありがとうございました」と言ったのは章介である。

「お役に立って嬉しいよ。先日、秋月に行ったのでお土産を。お粗末だけど」

章介が受取りながら、「秋月ですか、ぜひ行きたいなあ」と言う。

「行きましょう、案内するよ」

「本当ですか」

「秋月は私が少年時代を過ごしたところでね、懐かしい思い出があって忘れられないの」

「河井さんは確か福岡のご出身じゃなかったですか」

「福岡だけど、第二次世界大戦のため少年時代は兄弟共に秋月に疎開していたのでね」

「ああ、そうだったのですか」

「そうだよ。わたしにとっては憶念の地でね、秋月の桜や紅葉もよいが、私が深い感動に襲われたのは、雪の日、足跡のついていない早朝、黒門から階段を上の方の神社へ登っていく途中、高い楓の梢の雪が微風でさらさらと舞い落ちて顔に降りかかるときの感触、これはまるで禊を受けているようだった。この思い出も遠い少年の頃のことでね、戦時下で食糧は乏しかったが、空腹でも、賜り物の一日を我は生きるのみの心境でしたね」

話に熱中していると、目の前に鱚一塩造り、からすみ粉まぶし、岩茸、芽じそ、花丸胡瓜、山葵、加減酢で盛られた染付け方形の向付と、あこうと青ずいきの上に大根がかけられたその上に汁をはり、木の芽をのせた輪島塗の流水紋の黒の煮物椀が置かれた。向付に箸をつけ、一献いただくと、章介が「お椀が冷めないうちに」と促した。

清治は無言で煮物椀の美味しさを章介に伝えた。料理人たちも無言で清治を見つめている。相通じたらしい。清治が食べ終り、お椀の蓋をすると、お互いの緊張の糸が弛んだ。

「ああ美味しかった」と一言、清治は言った。

「ありがとうございます」と章介は答えた。

「お酒も飲んでいただこうと思って、こんなものを作りましたが、お口に合いますか」

六角桜瓔珞文《ようらくもん》鉢に、蓬豆腐の湯葉包み揚げと、おくらの素揚げに、ちり酢の進肴である。湯葉は清治の好物の一つである。湯葉で一杯となるとご機嫌である。身体の老化に伴い料理はシンプルがよい。その後は小品二品程でご飯を所望した。すると、章介は表情を変えて清治に質問をした。

「河井さん、前々からお尋ねしようと思っていたんですが」

「どんな話だろうか」

「いつだったか、慈悲に聖道、浄土の変わり目があると言われましたでしょう」

「私がそんな話とはね、章介さんがそう言うのだったら間違いないだろう」

「そのことについてもっとお聞きしたいのです」

「何か問題でも」

「現代は家族愛がないとか、家庭崩壊の深刻な問題が大きいでしょう」

「日本では、世界の愛とか、人類愛からと恰好よいことを教えるが、うまくいくはずがない。家族愛、隣人愛の方をまずきちんと想えることに精進・努力することでしょう」

「そうですね」

「ここは酒の席だから、今日はこの辺で止めましょう。手紙を書きますよ」

「ご迷惑でしょう」

「書くのは嫌いではないから。しかし、こんな話は書くより生の声で語り合ったがよいのだが、場所が場所だからごめんなさい」

「せっかくリラックスされているところを妨げて、すみません」

「話し合うのは大好きだから、大丈夫だよ。また静かなところでご縁があったら、そのときは大いに語り合いましょう」

「ありがとうございます」

清治は店を出てからも、章介の質問には何か起因する事柄があるのではないかと推測していた。六月の夕暮れはうっとうしく、足に痛みをもつ身の歩みは重い。清治はタクシーを拾うと太宰府まで直行した。

紅葉

1

章介は生家の料理店を継ぐのがいやで高校時代に家出もしたが、卒業後は京都の老舗「江魚」で一年間、京料理の精神のイロハのイを学びながら、腕を磨いた。伝統料理の一年間の修業はほんの入口に立たされた程度ではあったが、章介にとっては意識の変革を後に起こすことになる。

一年目が終ると、福岡の支店で板前として働くことになった。それから半年も経過すると、心に余裕も出てきた。周りがいつしか秋の粧いをはじめると、京都の秋を偲び、厳しかった修業の日々を振り返ることもあった。

平成六年十月八日土曜日、章介は松下慶子が勤務する今宿保育園の体育祭が午前中から開催されることを聞いていた。自分の休暇と都合よく重なったので、慶子には内緒でビデオカメラを持って出掛けた。

　車を降りると軽快なメロディが聞こえてきた。プログラムは三番目の年長児による演技「バンバンバカンス」の最中だった。早速カメラを回す。白のポロシャツに紺のジャージ姿で活動しているのは保育士たちである。廻りはじめたカメラはその中の一人、慶子を捉えていた。彼女はカメラが自分に向けられていることにはさらさら気付いていない。しかし、さほど広くない運動場だ。遅かれ早かれ俺に気付くだろうと期待もしたが、どのような反応を示すかと思うと不安でもあった。

　慶子は四歳児の担任だと言っていた。カメラの方を休みプログラムに目を移すと、六番目、演技名は「障害走」すみれ組四歳児、である。あっという間に順番が来た。少し身体が震えた。園児より保育士の慶子が最後まで無事に責任を果たしてくれることを願っているからだろう。やや肩に力が入ったまま、「慶子さん頑張れ」と小声で応援しながらカメラを廻した。

　三組目が走り出し、平均台を渡るときにハプニングが起きた。四歳児にしては長身の女の子が、平均台に上がることが出来ない。連れの四、五名は小さな足をちょこちょこと、いくつもの障害をクリアして決勝地点へ走っているのに、その子は平均台に足を上げてもすぐに滑り落ち、悪戦苦闘をしている。身体に障害を持つ子どものようだ。慶子は沈着な態度で女の子を見守っている。何度か挑戦して、女の子も出来ないことは出来ないと納得したようで、慶子に手をとられて平均台を渡ると、続く障害物も同じように挑戦していった。

章介は長時間カメラを廻しているような錯覚にとらわれた。観客も辛抱強く見守っている。慶子に伴走されながら女の子がゴールすると、場内からは拍手喝采が起きた。章介は背中や脇が少々汗ばんだ。慶子の心境を察すればこそである。

空は曇っては晴れの繰り返しで、時折り強風が土埃を舞い上げた。プログラムは順調に進み今度は三歳児の「かけっこ競争」である。「よーいドン」で走っていたが、何組目かで一人の男の子が観客席の前でいたずらをしたり、走ったかと思うとトボトボと歩いたりで、一緒に走ろうとしない。すると、先頭を走っていた男の

子が振り返り、逆走してその子の手を握ると、決勝地点まで並んで走り終えた。二人はにこにこ笑顔である。場内は割れんばかりの拍手。勝負を超えた幼児たちの無垢な助け合いの日常性が、競技の世界にも働いたのであろう。

章介はまたも、寸時も逃すまいとカメラに力が入った。ああ来てよかったと感動していると、こちらをじっと凝視している保育士がいた。慶子である。互いに会釈をした。

フィナーレは園児による和太鼓の演奏で、その最後の一打を聞いて章介は保育所を後にした。

子どもたちの走り廻る姿に感動した章介は、車のハンドルを握りながら思いを巡らせていた。三年前までは高校の陸上部に籍を置き、グラウンドを疾走していたのだ。今にも走り出したくて心は躍動していた。

章介は幼少の頃から、走り廻るのが好きな子だった。友達と日が暮れるまで外を駆けて遊んだ。五つ年下の妹の早苗もよく連れ出して、面倒をみた。二人の仲の良さに、両親は「喧嘩ぐらいしたらどうだ」とけしかけることもあったが、章介は変わった親だなあと思うだけで、喧嘩はしなかった。

中学生になると陸上の選手として活躍し、高校に入るとインターハイに出場した。ところが、二年生の冬、登校途中に小雪混じりの道路を曲がるとき、スクーターがスリップしてきて事故になった。レントゲン撮影の結果、左足にひびが入ったので無理は禁物と医師の説明を受け、落胆していた。若い足の治癒は早かったが、以来、走るときに左足を気にするあまり、今までのような陸上への情熱が冷めていく自分に気づき悩みはじめていた。その苦悩からの克服は練習のほかになかった。ひたすら練習に熱中した。いつしか走っても左足を気にしなくなり、次第に笑顔が戻ってきた。

陸上部で活躍する章介には女子生徒のファンが多く、そのことは章介自身も意識していた。部室には「幸田様」とか「章介さん」などと書かれた菓子の差し入れが置かれることもあった。

「おーい、章介、また届いとるぞ。食べてもよいか」

「どうぞ、どうぞ」

「お前はモテモテだな、畜生！」

「俺たち遠慮なく食っちまうぞ」

「女なんかどうでもよい」

「嘘つけ」

部員の一人が章介の頭を右手で軽く押しながら言った。

「こやつ、気取ってやがる」

「おい、何人ものにしたかよ」

「俺、そんなことないよ。直接話をした女の子は一人だっていないぞ。集団でキャッキャ言っているだけだよ」

「全ての女の子はお前の方を向いているからな」

「俺のことばかり言わないで、お前たちも自分の好きな女の子を紹介してからにしろ」

「一人ぐらい好きなのがいるだろう」

「冗談言うなよ。俺、もう帰るよ」

章介は汗臭い道具袋を肩にかけると、部室を出ていった。

最近はタオルの差し入れもある。「章介様、お汗をお拭きください」と愛を込めて書かれた包み紙も、部員たちに無残に破られ、色鮮やかなタオルは章介の手に届かなかった。

「おお、幸せ」と、部員たちは廻し使いしている。

章介が事故で入院したときも、花束の差し入れのほかに女子学生から何通かの手紙の見舞いをもらった。看護師たちは異口同音に、

「章介さんは人気者ね」

「羨ましいわ」

「よかったらラブレターを読ませてよ」と面白がった。勝手なことを言われても、女子学生たちのなかに恋心の波動が重なり合う相手はいなかった。

実のところ、章介には心惹かれる女性がいた。それは親友の潤一の姉で、二歳年上の慶子である。章介は高校三年生で、慶子は福岡の短大の幼児保育科の二年生。二人の生活の距離は遠くなっていたが、多感な少年期で心は不安定でも、人生を楽しく謳歌したいものだという衝動にかられたこともある。

高校三年生の夏に北海道へ家出したときも、我が家へ戻った翌日の夕刻、潤一の家を訪れた。潤一に家出の一部始終を語っているとき、コーヒーを運んできたのが姉の慶子だった。二人の話を聞いていた慶子は、そっと章介に言った。

「若者だもの、自分を偽らずに生きれば、いろんな障害もあるよね。その悩みが大事じゃない。苦しいけど逃げないこと。勇気がいるよ。私、そんな生き方好き。応援するわよ、頑張ってね」

「おいおい姉貴、章介は身も心も疲れているから黙っといてよ」

「おい潤一、いいよ。姉さんの言葉を聞いて元気づけられたよ、ありがとう」

「ほうら、そうでしょう」と言って慶子はその場を去った。

慶子の激励の声を聞いてから、章介は慶子に会うごとに心の動きのただならぬものを感ずるようになっていた。親友の姉という感覚だったのが、女としての匂いを漂わせはじめ、それが増幅しているように感じられる。

慶子もまた、弟の友人と軽く触れ合う程度で冗談混じりの話が多かったが、会うごとに章介が向ける眼差しに潤いと深みを感ずるようになった。子どもの目ではない、人を恋慕する心が目に出ている、そんな眼差しに慶子も心を奪われていた。成人前の少年のひたすらな心情をむげに傷つけたくはない。でも、弟の友人である。二つ年上の姉御的存在だし、可愛がるのだったらよかろうと、深淵に落ちることだけは避けることにした。

携帯電話の番号は知らせていたのに、驚くほど電話の回数も少なかったし、お互いの休暇も重なり合うのが難しく、二人が、また三人が共に出会う回数も稀なものであった。そうして時は流れ、三年の歳月が経っていた。

慶子は今でも年上というハンディを感じていて、年下の男を誘惑したように見られるのではないかと弱気になっていた。沈着を粧う慶子に章介が言った。

「私はあなたが好きです。悪いことをしているのでもなく、年上だからと引け目を感ずる必要はないでしょう。お付き合いお願いします」

章介は深々と頭を下げた。

「ごめんなさい。章介さん、まだ若いから」

「慶子さん、私の業界では、年上の女の人と交際関係にある人や、結婚している人が意外といますよ」

「私、考えとくわ。今日はこの辺でさようなら」

そんな別れ方をしたのが一年前であった。


体育祭の翌月、十一月の下旬、章介は潤一と慶子を誘い、武雄方面へ紅葉狩りに出掛けた。楓の葉は薄く、繊細で華奢である。一本の楓には紅葉、黄葉、そして緑の葉が少しではあるが色鮮やかに交錯しあっていて見事である。

京都の板前修業時代の章介は、寸暇を惜しんでは東山三十六峰の山裾に残された禅刹の名苑、神社のすがすがしい神苑、公開されることのない別荘の木々を塀越しに眺めて歩いたこと、また〝わびさび〟の茶庭などを拝見してまわったことを思い出していた。

秋になると京都の紅葉の散策にと、嵐山、嵯峨野に一人遊んだ。散策する章介に吹く風は、心地よく、暖かい秋の一日を風に慰められたのはついこの間のような気がしてならない。

嵯峨野のさまざまな表情をした楓《かえで》の下を歩いていた時に、大勢のカップルの観光客とすれ違っても、うらやましくもなければ、女性への憧憬を感ずることもなかった。

平安時代から恋にまつわる歴史には事欠かない土地だというのに、自分自身の現実の恋心につながることもなかった。恋の火種はあっても、相手がなくては発火のしようがない。新米の板前修業の身で、料理の基礎をしっかり身につけることへの思いが、恋愛への距離をつくっていたのだろう。

紅葉が一枚二枚と散った。散りゆく紅葉を眺めながら、章介はある本にあった句を思い出していた。

分を尽して涅槃する落葉かな

本の題名も作者名も思い出せないが、この言葉は脳裏に深く刻まれている。しかし、涅槃とはなんであろう。涅槃というのが分からない。落葉となっていく風景を見ながらあらためてこの句のことが浮かんだのだ。そうだ、店の支配人に聞いてみようと思いながら後ろを振り向くと、慶子がかなり離れて、なぜか大股にゆっくりと歩いていた。心に余裕のある歩き方だなあと章介は思った。

慶子は俺のことをどう感じているのだろう。本音を聞きたい。ひょっとすると俺の片思いかも知れない。好きとは告げたが、好きと結婚は直結しない。しかし、好きでない者同士の結婚はないだろう。昔はあった。家のためとか、政略のためとか、奪い婚、女の悲劇は歴史の上で展開されてきた。現代は違う。愛し合う仲ならば年の差なんか問題でない。もし姉さん女房だって同じだろう。しかしいつまで継続するかはどこにも保証はない。若い章介の頭の中が湿っぽくなってきた。

楓の流れるような枝先をよけながら歩いていると、後ろから慶子が声をかけた。

「章介さん、体育祭に来てたのね。見つけたときはびっくりしたわ」

「ごめん」

「章介さんに似た若いお父さんもいるのかなと思ってたら、見直すと本人だもの。でも嬉しかった。あのときビデオを撮っていたでしょう。いつでもいいから観せて下さい」

「そのフィルムを上げようと思って持ってきているけど、自動車の中に」

「ありがとう。それだったら、私の家は帰りの途中だし、立ち寄ってよ。一緒に観ましょうよ」

「慶子さんはきれいに映っているよ」

「お世辞でしょう」

「本音ですよ」

「観れば分かることだし」

「慶子さんの本音は」

「何を」

「何をと言われても」

するとすると慶子はすっと側に来て章介の手を握った。章介は強く握り返した。それが慶子の本音であった。慶子は、二人を気遣ってかずっと前を歩いていた潤一に向って呼びかけた。

「潤ちゃん、章介さんが保育所の体育祭のフィルムを持っているから家で観ることにしたの。いいでしょう」

「いいよ」

「潤一、帰ろうか」

「おお、帰ろう」

章介の運転する車がいくつもの山の間を縫って多久の潤一の家に着いたのは、午後二時を廻った頃だった。

家は小高い山並みを背に立っている。玄関前の庭に入ると、清流の小川に沿った家並みのほぼ中央に位置している。窓から秋の山々が見える六畳の居間にテレビがあり、三人はテーブルを囲んで座った。

「お茶、それともコーヒー」

尋ねる慶子に男二人は顔を見合わせると、潤一が言った。

「姉さん、コーヒー頼む」

「はーい」

「おーい、章介、映すからフィルムを頼む」

「ああ、そうだったな」

と立ち上がると、章介は玄関脇の応接間に置いていたバッグからフィルムを取り出し、潤一に手渡した。潤一はテレビの前に座り込みセッティング。運ばれてきたコーヒーを飲み終わると、上映開始である。

運動場に流れる音楽、園児たちのはしゃぐ様子、保育士たちの機敏な働き、観客席からの拍手と歓声、身を乗り出しての応援の様子などが流れる。場面が移動すると、慶子がクローズアップされた。

「おい、章介、お前の撮影の目的は何だったんだ」

潤一が冷やかすので、慶子がちらっと章介に目を向けると、頬が紅潮気味である。

映像は慶子のクラスの「障害競争」になった。画面を見ながら、慶子はあの女の子のことを語った。綾子という名で、平常の稽古のときには時間はかかっても平均台に挑戦し渡りきっていたのに、当日は何回繰り返しても駄目だった。それでも挑戦したことで綾子にとってはいい経験として残り、よかったのだと思っていた。ところが、体育祭も終り、ほっとしていると、綾子の母親が怒りの言葉をぶつけてきた。他の子どもには甘く、我が子に厳しかったのは差別ではないかと詰め寄ったのだ。確かにビデオには、平均台に飛び上がっても二、三歩で落ちたらそのまま疾走している子ばかりで、最後まで歩いて下りた子は稀である。中には平均台にちょんと片足をのせた恰好だけで要領よく走っていく子もいた。我が子だけを先生は何回もやり直しさせた。大衆の前だったので恥をかかされたと、叱責はしても、慰労の言葉は一言もなかったという。

終了後の反省会で、所長は職員一同をねぎらった後、こう言った。

「今日、綾子ちゃんのお母さんが、松下先生は大衆の前で綾子に恥をかかせたと文句を言ってきたので謝りました。松下先生は、障害があっても、諦めないでやれば出来るところを見てもらいたかった。あきらめないで続ける根性を誉めてやりたかったのに、その愛情はお母さんには理解してもらえませんでした。保育士として、保育における愛は職業的愛なのか、限定的愛なのかという、この苦い経験は新たな問いを提供したのだと思います。

松下先生、この苦しみを決して無駄にしないで下さい」

　所長から職員へ贈る精一杯の言葉であった。


　この世の一切で無駄になるものは何一つないのだ。ビデオの上映が終って、このフィルムは慶子の涙の物語であったのかと、しばらく三人の沈黙は続いた。

「章介さん、本当にありがとう。よい記念品を残してもらいました。大事にしますよ」

「上手に撮れなくてごめんなさい。でもそう言ってもらうなんて、俺、光栄だよ」

　章介の目には慶子が神々しく映った。

　ビデオの映像には綾子の母親が「頑張って、頑張って」と、両手の拳を振りながら大声で声援を送る様子も映っていた。綾子にはそれがプレッシャーになり、逆に固くなってしまった部分もあったのかも知れない。誰だって自分のやっていることはよいことだと思っている。が、本当のところ、相手にとってなにか良くて、なにが悪いのかは分からない。

　上映終了は午後三時半を廻っていた。晩秋の夕暮れは早い。章介は帰る準備にかかった。

「潤一、慶子さん、今日は中味の濃い一日でしたね。俺、慶子さんを送ってもいいよ」

「私、気持だけいただいて遠慮するわ。父が帰ったら夕食を一緒にいただく約束していたの。ごめんなさい」

「ああ、そうか。潤一が今宿まで送るんだ」

「うん、そうだよ」

潤一は姉を送るのが習慣になっていた。

「章介さんは天神のお店には唐津の自宅からだったね。毎朝早いでしょう」

「朝は十時開店だけど、夜が十時閉店です。それから退店。最終電車を下りると自転車を踏んで帰宅。時計を見ると十二時半を過ぎていますよ」

「それは大変でしょう。私、明日は早出なのよ。保育所の開門を午前七時に当番がするのね。一分でも遅れたら大変。『私の勤めの時間に遅れるじゃないの』と親から嫌みを言われることもあってね。保育士は我慢するほかないの」

「それは身体に悪いですね」

「そんなとき、章介さんだったらどうする」

「私も黙っていますね。自分が遅れたのだから我慢する、じゃなく、本当に『すいません』と心から詫びますね」

「章介さんも客商売だもんね」

「居残りもあるのでしょう」

「そうよ、居残りは午後七時まで。それがね、勝手なものね、迎えが午後七時が七時半になることもあるの。そのとき『時間を守ってもらえないから職員は帰れなかった』とは叱れないのよ。冬場は暗くなっているのに、心にもなく『お母さんもお勤め大変でしょう』と言うときの空々しさったら、たまらないの。それが素直な心で相手の身になって挨拶が出来なきゃ、保育士もまだまだなのね」

「慶子さんなら大丈夫。その心構えは仕事に対しての基本姿勢かな」

章介は慶子も誰もが命がけで働いているのだと思いながら立ち上がった。

「今日は大変お世話になりました」

「章介さん、楽しかった。また会いましょう」

「おい章介、お前の気持、分かっているよ。俺、応援するからな」

「何の話をしてるの」

「こっちの話」

「まあ、いやらしい」

慶子は含み笑いをした。

「俺、お母さんに挨拶しなかった」

「母は夕食の買物に行ってるの。章介さんによろしくと言っていたわ」

「お父さん、お母さんによろしく、さようなら」

「さようなら」

「さようなら」

章介は車の窓を開け、大きく手を振って帰っていった。


翌日、保育所は秋の文化祭の作品展示の仕上げの作業もほぼ終り、各自それぞれの持ち場に帰ってほっとしているときだった。所内にアナウンスが流れた。

「職員の皆様にお伝えします。保育に支障がなければ、会議室にお集まりください。そう長く時間はとりません」

時刻は午後六時を過ぎていた。保育士たちは何事かと素早く、怪訝そうな顔で会議室に集合すると、所長は正面の時計下のテーブル席に着座していた。主任保育士の熊谷が着座しながら尋ねた。

「所長先生、何事ですか」

「皆揃ってお話します。出席はこれだけですか」

「はい、これだけです。前田と井川はお休みです。中村、佐藤に矢野、川端の四人は手が離せないそうです。全部で八名です」

所長はおもむろに話しはじめた。

「急に集まってもらったのは、悪いお話ではありません。所内においては、おめでたいお話ですし、また大変なことになると思います」

保育士たちは、ぐっと目を開き直す者、目を閉じて不安げな者、俯き加減な者と様々である。

「中村先生と矢野先生のことです」

名指しで言われたので、二人が事故か事件にでも巻き込まれたのかと、保育士たちは神妙な顔に変わっていた。首を左右に傾ける者もいた。

「二人は」

「ええ、二人は」

「そうですね、二人は」

口籠っていたが、やっと大声で、

「発表します。中村先生と矢野先生から妊娠したとの報告がありました」

一同は寝耳に水である。二人とも独身とあって、あちらこちらから「まあ」とか「ほう」と溜息ばかりで、誰も拍手はしなかった。狭い会議室は熱っぽい空気が上昇していた。

安堵したのか一同の顔が火照ってきたようだ。

「まず、おめでとうと本人たちには言っておきました。中村先生からは一週間前に詳細は聞いていたので、今後のことを考えていたら、昨日また矢野先生から続いて話を聞かされ面食らいました。でも少子化時代に一緒に懐妊とはおめでたいことです。二人とも日々に身重になりますので、先生方はさりげなく見守って下さい。お願いします。所長としてはこれからの保育のことを考えると心境は複雑です。会議の時間を長くとれませんので、二人の今後について概略を話します。

中村先生は妊娠三カ月。結婚式は一月中旬の予定、出産予定は六月です。臨時職員のため産休代替はとれませんので、三月末で退職です。矢野先生は妊娠二カ月らしいとのことです。結婚は二月下旬の予定、出産は七月です。退職されません。産休代替の手続をとります。相まっての出産とはどういうご縁でしょう。ただし、今日の報告内容は正式発表まで保護者、一般の人には話さないで下さい。話には順序が大切です。職員一同の口が堅いのを信じています。これで終ります」

話がすんでも、慶子はしばらく黙ったまま席を立たなかった。突然で驚いたのである。日常の二人にはそんな気配はなく、誰も気付いていなかった。あの老練の主任が気付かないのだから。でも来るときが来たのである。いつまでも隠せるものではない。おとなしい二人が揃いも揃って懐妊とは驚きである。人は見かけによらないとはよくいったものである。しかし、私自身はどうであろう、もし、そうであったら、ただうろうろするばかりだろうと、身を縮めながら席を立った。

慶子はマンションに帰ると、夕食もとらずにベッドに横たわった。「うーん」と両手と両足を伸ばしながら、昨日、楓の細い枝々が揺らぐ下で、慶子の手を堅く握り締め、結婚しようという意志を示してくれた章介のことを思いながら、愛するということについて戸惑いを感じていた。

現代の世相は、〝出来ちゃった結婚〟が当然のように受け入れられるようになってきた。何の恥じらいもない。ある結婚式場など、出来ちゃった婚の場合は使用料が一割引と、堂々と宣伝している。今の日本の社会は日本の伝統を壊し、風紀の乱れを煽っていると言ったら過言だろうか。

親の中にも婚前性交渉大賛成派もいる。試験すみの結婚は安心ということらしい。でも、燃えるような熱愛で結ばれた若いカップルの離婚も多いようだ。どう説明すればいいのだろう。友達の披露宴の席上で、「今日は新郎、新婦だけのおめでたではありません。新婦のおなかには二世が宿っています。今日は三人のお祝いと喜びの日です」と突然そんなアナウンスが聞えてくることもあった。

慶子の耳元で、「婚前性交渉すべし」、「婚前性交渉すべし」と悪魔の誘惑のような声が聞えてきて、ベッドの中で耳を覆った。

2

章介と慶子は最近、あまりの忙しさに互いに電話も差し控え、デートも容易でなかったが、やっと思いが叶って同じ日に休暇をとることが出来、福岡で待ち合わせた。

福岡市美術館を出た二人は、大濠公園を抜けて西公園に向おうと、細い中道を歩いていた。三月上旬ではあるが、二人の頭上には風花が舞っていた。慶子は章介の肩に寄り添うようにして歩いていた。

「章介さん」

「うん、なあに」

「あのね、私は結婚式には和装とも洋装とも決めてはいないけど、晴れ着を偽りの白無垢にはしたくないの」

こう言って章介の顔をのぞき込んだ。

「俺も慶子さんの気持を尊重するよ」

「本当に本当」

「嘘は言わないよ。でも分からないな」

「そうでしょう、男は信用出来ないのね」

「それは女だって同じだろう。しかし、俺は違うな」

「その俺が危ないのよ」

慶子はからかうように言いながら、章介の本意がどこにあるのか気になっていた。

章介は歩みをゆるめると、松の木を仰ぎながら言った。

「昨日、『江魚』の広間の床に一行物の軸物を掛けたんだけど、それがこの松について書いたものだったんだ」

「どんな言葉なの」

若い章介がどんな言葉を選んだのか興味があった。

「『松寿千年翠』というんだ。世相は色々に変化するが、千年を経て今でも松の翠《みどり》は変わらぬという、永遠の命を歌ったお軸だろうな」

「章介さん、若いのに学があるのね」

「茶道を少し習っていたからね」

「私はその逆で、全然。恥ずかしい」

「慶子さん、俺、親父に結婚の話をしようと思うが、どうだろう」

唐突な言葉に慶子は驚いた。

「章介さん、大丈夫」

「大丈夫かどうか分からないが、避けるわけにもいかないからな」

「そうね、章介さんにおまかせします。しっかり話して下さいね」

「俺の親父は手強い人だから、当たって砕けろだ」

「その言葉を聞いて、気が楽になったわ」

そう言うと慶子は小走りで数歩前に出て、章介の方を振り返って笑った。章介も笑った。


人間は自分から他人の心を分かろうとしないで、自分のことばかり了解してもらいたいという我欲の強い者ばかりである。章介は慶子の心が分からぬし、慶子もまた章介の本意が分からぬので落ち着かない。肉体は個々別々であるが、心が通う力が働いているのが人間だと思うが、個人主義的肉体は自由を身勝手と勘違いして、ばらばらのまま通う力を失っている時代のような気がする。肉体の五欲の、この身の貪計にまかせた生き方が種々の問題を惹起し、婚前交渉こそ愛を確かめる条件になって、誰も疑いを挟む者はない現状である。

しかし、そんな行動で必ずしも通う力は働くものではない。相手の肉体の欲求がすなわち愛とは言い難いが、その衝動も若い二人にとっては自然であろう。それを動物的衝動と卑下してはならない。

章介は、男女の仲とはプラスマイナスの結合だから、宗教的でもあるということを先輩から聞いたことがある。結婚とはそんな尊厳なことだということであろう。

肉体肉体と焦らず、二人は互いの心の内に働いている恩念を語り、思い知ることがまず大事だと、会うごとに二人の心は通い、章介と慶子は将来の希望に燃えた。


結婚話を両親に持ち出すのは誰でも苦手である。章介も例外でない。その機会を狙っていたが、ついにチャンスが到来した。

哲也が春彼岸の間近な月曜の朝から釣道具の手入れをしていた。最近、高級釣竿を購入したので、よく手入れをするようになり、そんなときは気分が快調のようだ。章介も太公望の仲間である。釣竿の話になると止まるところを知らない。このときとばかり、結婚話をしようと章介は哲也の側に座って、しばらくは父の釣竿の手入れに見入っていた。

そこへ千恵がお茶を運んできた。

「お店の方はどうします」

「手入れが終り次第、店に出るよ」

ここで章介はすかさず言った。

「お父さん、お母さん、話があるから聞いて」

「急に改まって話とは、何だね」

釣竿の手入れを止めて、哲也は章介の方へ向き直った。

「結婚話をしようと思って」

藪から棒で、両親はびっくりした表情で異口同音に声を上げた。

「結婚！」

しばらく沈黙が続いた。哲也は、二億円近い負債で新築開店してから十年が経過し、店は順調にきていた。この調子で早く返済したいということが、最も重要なことであり、そのことで頭がいっぱいであった。章介の結婚、跡継ぎも問題ではある。しかしもっと後のことと思っていた。哲也は、章介の言葉に動揺していた。

「相手は誰だ。俺たちが知っている女か」

「知ってはいないだろうが、多久の友人で潤一の姉さん。慶子さんという人だよ」

「そうか、姉さんといえば年上じゃないか」

「うん、二つ年上」

石橋を叩いて渡るような性格の哲也は、

「お前、騙されてはいないだろうな」

「人聞きの悪いこと言わないでよ」

章介は声高に言った。

「章介さん、静かに話しなさい」

千恵が小声で諭す。

「章介、その彼女はお前が料理店の息子ということは勿論知っているだろうが、この商いにも向き不向きがある。お前の今までの交際範囲ではどう感じたか、正直に言ってみなさい」

「うん、今は保育士で頑張っているよ。とにかく優しい。家の商売には向いていると思うよ。自信がある」

「お前が惚れて嫁にしたいのだから、女を信じて反対はすまい。章介、お前の安月給でどんな生活をするのか、よく考えてのことか。まだ結婚は早いのじゃないか」

「彼女は保育所勤めを続け、当分は二人でアパート暮しで辛抱しようと思っている。甘いのかな」

「甘いかどうか、やってみないと分からないが、なあ。よし、お前の決意のほどは分かったが、相手方の家族のことなど知って、それなりの対応はせねばならないだろうな」

「章介さん、今さらお母さんも反対はしないけど、まだまだ章介は若いし、表面にとらわれて、一目ぼれのような状態で決めてしまうのはどうだろうか。相手の家庭の状況なんかも大事じゃないの。ご両親とは話したことがあるの」

「とてもいい人たちだよ」

「そう、お母さんは信じるよ」

「お父さんもお母さんもありがとう」

「おめでとうは、まだ早いね」

「おめでとうはいいよ。承諾だけでいい。本当にありがとう」

「そう決まれば、これからが大変だ」

「そうね、まあ急に嵐が近づいたようね」

哲也も千恵も笑った。その笑い声が、沈んでいた部屋の空気を明るく振動させた。

家族内や両家の間で紆余曲折もあったが、諸難を乗り越えて二人が結婚するまでに、それほど長い時間はかからなかった。

秋海棠《しゅうかいどう》

1

平成十二年、清治と恭子は来府以来四度目の秋を迎えていた。

恭子のもとでは週一回、朝から夕刻まで茶の湯の稽古に十数名の社中が精を出しているが、男性は一人もいないのが残念である。太宰府ではお茶の師範は休止することにしていたのが、恭子が千家流の師範であることを耳にした人がいて、ぜひにと請われて始める羽目になり、はや二年目である。

恭子はそろそろ茶事をやりたいと思い、この秋に実施することを発表してしまった。もう後には引けない。

茶事には懐石がつきものである。自分は年老いたし、あれもこれも手を出すには限界があるので、懐石だけは専門の料理人に依頼することにした。

「もしもし、内山さん、お久しぶりね、私よ、太宰府の河井です」

「まあ、河井さん、お元気のようね」

「おかげさまで元気にしています。すっかりご無沙汰いたしまして、あなたもお元気で何よりです。同窓会以来お会いしていませんね」

「そうね、あれから何年経ったでしょう。二年にはなるでしょうね」

「すっかりお婆ちゃんになりました」

「でも、あなた、お茶のお弟子さんに若い人もいて、結構楽しんでいるでしょう」

「ありがとう。そうそう実はね、お茶事をすることにしたの」

「それで私を招待するの。だったらお断りよね、若い頃ちょっとかじった程度だし」

「いや、そうじゃないの」

「他に用でもあるの」

「本当はね、あなたのご子息にご相談したいのよ。お茶事は必ず懐石をお出しするの。その料理が私には出来ないので、ぜひお願いしたくてお電話したのよ」

「それじゃ息子に替わるわ。しばらく待ってよね」

内山寿子とは高校、短大と学友で、親しい間柄であり、今も年賀状は欠かしたことがない。その寿子の一人息子は甘木市で味処「あさくら」を営業して二十年にはなるという。

「もしもし、お電話替わりました。内山の息子です。初めまして」

「私、河井です。初めてじゃないわよ。あなたが小学生の頃、何度かお会いしているの。可愛かったわよ」

「疲れた中年男ですよ」

「そんなことないでしょう。あのね、懐石をお願いしたいのよ。あなたが見事な懐石をお作りになるという噂を耳にしていたので、お願い申し上げているの。ぜひお引き受け下さい。お願いします」

「何とかしましょう。月日と時間はどうなっていますか」

「月は名残りの十月です。日時は二十二日の正午で、客は七名。場所は太宰府の自宅です。地図など詳細についてはお手紙を差し上げます」

「ちょっとお待ち下さい。日程表を調べて参りますので」

恭子は予定の日が空いているのを願いながら待った。

「お待たせいたしました。お引き受けいたします。お茶事の懐石は不馴れですが、精一杯やらせていただきます。近々

お伺いしますので、その折に器など拝見させていただきます」

「お待ちしています。それではお母様によろしくお伝え下さい。さようなら」

ほっとして受話器を置くと、恭子は急に忙しさが増してきたような気分になった。道具選びで部屋一杯になった水屋に戻ると、茶碗などを一つひとつ丁寧に箱から出しては眺めた。

だいたい整いはじめたところへ社中の椛島朋子が来て、「先生、西蓮寺の坊守様から預かって参りました」と一通の手紙を寄越した。宛名は清治である。「何のご用かしら」と呟きながら書斎に向い、「あなた、西蓮寺の坊守様からお手紙をいただきましたよ」と言って、机の上に置いて去った。

「ありがとう」

清治は手紙を読もうと眼鏡を探したが、どこへ置いたか分からない。うろうろしていると、恭子から声がかかった。

「あなた、眼鏡でしょう。こちらの棚の新聞の上にありますよ」

「ああ、そうだった。最近時々こんなことがあるが、おかしいなあ」

清治は独り言をつぶやきながら、眼鏡をかけ、発信人の住所と氏名を確認すると、封筒に鋏《はさみ》を入れた。手紙の内容は、自坊の門徒の椛島朋子が、茶の湯の稽古のとき、師匠の主人が『歎異抄』を熱心に勉強しているという話を聞き感銘したという話をしていたので、寺報の「閃光」に貴殿の『歎異抄』に関する一文の寄稿を願いたい、という文面である。清治は光栄に感じながらも、自分ごとき者がとても無理ですと断りの返信を書き、椛島朋子に寺へ届けてくれるよう預けた。

翌週の稽古の日、椛島はまた手紙を預かってきたという。恭子は清治に手渡しながら、「書いてあげたら」と小さく声をかけた。

早速封を切り読むと、あまりの熱意に清治も断りきれない気持になっていた。取り敢えず先方に出向き直接話をしたいと考え、その旨を返信した。

後日、寺から電話がかかった。

「私の方から出向かねばならないのに、わざわざご来寺いただくとは恐縮です」

坊守は受話器を握ったまま、何度も頭を下げていた。

秋の彼岸中であるので、清治は参拝者の少なそうな午後三時頃に参拝を兼ねて訪問した。

山門を入ると、鉄骨コンクリート建ての壮大な平屋瓦葺きの本堂がそびえている。庫裡も鉄骨で三階建てのビルになっているが、内部は木材がふんだんに使われている。堂内はひっそりとした静けさの中に、香の匂いがほのかに漂っていた。時空を超えたような世界に久しぶりに触れ、ご本尊の前で「正信偈《しょうしんげ》」を読誦《どくしょう》した。その間、誰も参拝者はなかった。清治は昔、祖母から両彼岸が来るたびに「彼岸に参らぬと虫になる」と聞かされたのを懐かしく思い出した。

偈文《げもん》が終る頃、坊守が入堂してきて、清治を門徒会館二階の応接間に案内した。東側の窓からのぞくのは天満宮の境内だろうか、楠の梢の枝々が秋風に揺れている。黒の漆塗りの床の間の壁に、「悠」の一字の軸が掛かり、白磁の香合の取り合わせが絶妙である。唐物手付籠は矢筈芒《やはずすすき》、秋海棠《しゅうかいどう》、金水引《きんみずひき》が活けられ、部屋中が秋浅い、光澄む季節の風情を漂わせていた。

「はじめまして、私、河井清治と申します。よろしくお願いします」

「今日はわざわざご来寺いただき感謝でございます。私が西蓮寺の坊守の大内田静子です。住職は今法務で外出しております。何とぞよろしくお願い申し上げます」

「縁あって、この地を終の杣に選びたいと思いまして。先祖からのお寺は福岡の唐人町にあります」

「どうぞお薄をご一服」

「はい、頂戴いたします」

「不躾とは思いましたが、ご無礼をお許し下さい。手紙の文面はどのようにお受け下さったでしょうか」

「私ごとき者がお引き受けしてよいものか迷っています」

「梲島朋子さんの報告では、河井さんは毎月、福岡の『歎異抄の会』の聴聞を続けていらっしゃるとか」

「さようでございます」

「ほんとうに感服いたしております。なかなか続けることは難中の難でしょう」

「ある先生から、仏法は誹《そし》るとも聞け、毛穴からでも入ると言われて、愚かな私はそんな言葉に励まされて通い続けているようなものです」

「今どこを聴聞なさっていらっしゃいますか」

「第九条です。先月より親鸞聖人と弟子唯円房との対話の箇所を学んでいます」


念仏もうし候えども、踊躍歓喜の心おろそかに候うこと、またいそぎ浄土へまいりたき心の候わぬは、いかにと候うべきことにて候うやらん、ともうしいれを候いしかば、親鸞もこの不審ありつるに、唯円房おなじ心にてありけり。よくよく案じみれば天におどり地におどるほどに喜ぶべきことを喜ばぬにて、いよいよ往生は一定と思いたまうべきなり。喜ぶべき心をおさえて喜ばせざるは煩悩の所為なり。しかるに仏かねてしろしめして、煩悩具足の凡夫とおおせられたることなれば、他力の悲願はかくのごときのわれらがためなりけりと知られて、いよいよたのもしくおぼゆるなり。……

（『歎異抄』第九条前段）

「『歎異抄』はこちらへお越しになってからでございますか」

「いいえ、愛知県の岡崎にいた頃からの聴聞です」

「長いのですね」

「はい、長いばかりで、ざると同じで水を入れてもすぐ漏れるでしょう。だから法水へちょくちょく潜《くぐ》らせてもらっているのです。私の好きな蓮如様のお言葉がございます」

「お聞かせ下さい」

「坊守さまもご存じの『蓮如上人御一代聞書』のなかの一文です」

いたりてかたきは、石なり。至りてやわらかなるは、水なり。水よく石をうがつ。「心源、もし徹しなば、菩提の覚道、何事か成《じょう》ぜざらん」といえるは古き詞あり。いかに不信なりとも、聴聞を心に力を入れて申さば、御慈悲にて候うあいだ、信をうべきなり。ただ、仏法は聴聞にきわまることなりと云々

（『蓮如上人御一代聞書』）

「有難いお言葉ですね。本当にお会い出来て嬉しゅうございます。西蓮寺の寺報「閃光」も創刊より今回が八十号を数えます。これを記念号として刊行する予定です。『歎異抄』ご聴聞のお心持をご寄稿いただきたく、お手紙をお出ししたのです。どうかこの通りでございます」

坊守は両手をついて、深々と頭を下げた。清治もそうまで言われては断りきれず、承諾することにした。

「拙い文面でしょうが、書かせて下さい」

「ありがとうございました」

坊守は合掌した。清治も合掌した。常共讃歎《さんだん》である。浄土の味わいを感じた。

「十分なお礼は出来ませんが、十一月上旬の刊行になるでしょう。まだ時間もございますのでごゆっくりお書き下さい。お願いいたします」

「お礼なんて、お布施をさせて下さい」

そこへ住職の帰寺の知らせが入り、間もなく六十歳代くらいの男性が現われた。

「私、この寺の住職の大内田善明です」

柔和な表情が柔軟な人柄を感じさせる。

「私、河井清治です」

「ああ、寺報のことで今度はご無理なご相談を申しまして」

「あなた、ご承諾いただいたのよ。お礼を言って下さい」

「ああそうですか、それはそれはありがとうございます。どうかよろしくお願いします。私、着替えて参りますので、ごゆっくりと」

「私、そろそろ帰る頃ですので」

「ああ、そうですか。これをご縁に時々お越しください」

「ご住職、私も楽しみが増えたようです。遠慮なく参ります」

「はい、どうぞ」

「河井さん、今後ともよろしくお願いします」

住職夫婦は玄関まで送り、坊守はさらに玄関の外でいつまでも見送っていた。清治は爽快な心持になって山門を出た。天満宮の参道は午後四時近くなっても賑わっていた。

2

彼岸を過ぎると、清治は本腰で依頼原稿の執筆に取り掛かったが、季節は天高く馬肥ゆる気配も濃厚になり、自然の誘いに惑わされそうで、集中力の弱い自分に情けなくなっていた。

「そうだなあ、そういう自分だなあ」と呟いていると、不思議に力が湧いてきた。

「『歎異抄』を読誦しよう。第七条がいいだろう」

念仏者は無碍《むげ》の一道なり。そのいわれいかんとならば、信心の行者には、天神地祇《ちぎ》も敬服し、魔界外道も障碍《しょうげ》することなし、罪悪も業報を感ずることあたわず、諸善も及ぶことなき故に、無碍の一道なりと、云々
（『歎異抄』第七条）

「有難きことだなあ」

清治は繰り返し読誦した。「読書百遍意自《おの》ずから通ず」とは至言である。清治の脳裏に「碍は衆生《しゆじよう》に属す」という聖句が響いてきた。清治は題名を「無碍」にしようと即決した。するとと筆は一気呵成に運んだ。

書き終えて清治は、両手を後頭部に当てると、「ああ」と安堵の声を出して手をずらし、左右の肩を交互に叩きはじめた。

「おや、水屋は静かだなあ」

独り言を言いつつ椅子から立ち上がって水屋に顔を出すと、社中は一人もおらず、恭子

が一人、いかにも疲れましたというような表情で座っていた。

「恭子さんも大変だなあ」

「おかげさまで思ったより早く終りましたのよ。あなたの方こそどうでしたの」

「うん、私の方も脱稿出来たよ。執筆から解放され、ほっとして水屋の方に耳を傾けたが、物音一つしないので来てみたところだった」

「そんなに早く書けてよかったですね」

「宗教関係の原稿なんてはじめてだろう。緊張というより、なかなか難しいね。欲深いからなあ。明日にでも西蓮寺さんへ伺おうと思っているがね」

「一日も早い方が喜ばれるでしょう。お茶でも入れましょうか」

恭子は「よいしょ」と両膝に手を当て立ち上がると、台所へ向った。

「社中さんから松屋の生菓子をいただいたから、お薄にしましょう」

「それはいいなあ」

清閑寺窯の秋の絵茶碗での一服は、清治の心身を癒した。

窓を開けると台所の腰掛けの脚元を、ひんやりとした秋風が通り過ぎた。

翌日、原稿を届けに行く前にと、早朝から庭掃除に取りかかった。水引や蓼《たで》、白花秋海棠などの茶花の廻りの雑草を抜いたり、蹲踞の小石を洗ったりすると、狭い庭でも結構時間が経過するものだ。特に茶事を催すとなると、一層念を入れることになる。日頃小時間でもよいので、草を取り、掃き清めているのと、思い出したように時々の手入れくらいでは、自ら庭の品格が違ってくるものである。

露地に入ると心が浄められる。誰かが草取りの「く」を除くと「さとり」になるという話を書いていた。そんなことを思い出しながら楽しく除草に励んでいると、座敷の縁側から呼ばれた。

「あなた、幸田さんから手紙が届いていますから、書斎の机の上に置きますよ」

「ありがとう」

そう言うと清治は庭下駄の歯音を高く響かせながら、縁側から上った。

封筒をとると、怪訝そうな顔で封筒の表や裏を何度も見直し、はさみを入れた。便箋三枚にやや太めの字で書かれている文字は力強く、精一杯の心情で書いているのだということは読んでいて伝わってきた。茶事の出席の返事かと思ったが、実はその反対の理由が簡潔に認められていた。清治は読み終わると、テレビの前に座っている恭子の側にそっと腰を下ろし、手紙を手渡した。

「章介さん、欠席らしいよ。残念だけれど、よほどのことらしい」

「楽しみにしていると言っていたのでしょう」

恭子も残念そうに小声で呟いた。

「この手紙では、その頃唐津の実家へ引っ越すらしい。そのうえ奥さんが病気で、しばらく保育所を休職することになったとも書いてあるよ」

「そうなんですか。それでは無理だわ」

「ただ、この手紙に書かれていることの裏に、何か別の深刻なものを感じるがね」

「あなたの勘ですか」

「私も会社勤めでは人事問題や家庭問題でいろいろと相談もされ、関わってきただろう。何となくそんな匂いがするなあ」

「そうかも知れませんね」

「うん」

「あなた、午後は西蓮寺さんへ行くのでしょう。それでは黒の背広と縞模様のネクタイを用意しておきますからね」と言いながら立ち上がると、恭子は隣の間に移った。

「それでいいだろう」

「あら、もうこんな時間だったの」

セイコー製の壁掛け時計の文字盤は、十一時を少し過ぎていた。恭子は急いで清治の背広をタンスから取り出す。

「あなた、原稿は書き上がったし、私もお茶事の準備は完了しました。でも肩が凝ったみたい。あなたも肩凝ったでしょう」

「そうだなあ、そう言われるとずいぶん凝っているなあ」

「あなた、お昼は冷蔵庫にある巨峰の赤ワインで乾杯しましょうか」

「そうしよう。お互いの慰労のために」

「でも、ご馳走はありませんよ。ビーフシチューに生ハムの野菜サラダくらいで、後は夕食の残り物で我慢しましょう」

恭子は清治の外出の準備を終えると、炊事に取りかかった。清治は新聞をバサバサと音を立てながら読みはじめたが、しばらくすると溜め息をつき、腕を組んだ。殺傷事件が毎日のように生々しく報道されているからである。

この俺という男も、六十近くなって名利《みょうり》の大山《たいせん》に迷い、真剣に自殺願望をもった頃があったのだから、今ここにこうしているが、ともあれ、ご縁があれば何をするか分からないという状態で生きているのが我々である。岡崎時代は、自分の人生はちょうど壊れかかった石段を、こんなことではいかぬと修復するように倫理的に改めようとするが、その片方から崩れていくようなもので、気は焦り、行き詰まっていた。そんなときに目に止まったのが『歎異抄』であった。そのご縁で今ここにこうして生かされ、生きているのである。テレビや新聞で悪い報道があると、それらを「悪いやつ」だと決めつけ、その目で他の人にも接し、非難をするような善人顔の自分がここにいると気付かされてからは、新聞の三面記事の全てが尊いお経であると気付いた。どういうこともこの私の身の事実を知らせて下さるみ教えと感ぜられるようになって、どこにも恐れはない。摂取不捨《せっしゅふしゃ》の心を味わせていただくようになったことをしみじみと感じながら、清治は新聞を読み続けていた。

「あなた、お待たせしました」

「はーい」

清治は立ち上がると両肩を二、三度叩きながら台所の椅子に腰を下ろした。

テーブルの上にはビーフシチューの匂いが漂っている。清治が薩摩切子のペアグラスにワインを注ぐと、恭子は軽く会釈をした。二人は乾杯のポーズをとり、「お疲れさま」の言葉を交すと、ほほ笑みあった。

グラスの中で揺らぐワインを見て、清治は秋の色どりを想像していた。今年も紅葉の旅に出たいと興趣を募らせ、恭子に話を持ちかけると、

「急に相談されても答えようがないわ。今年は近場にしたら。秋月はどうでしょう」

「そうだな、桜は名所だが、楓はどうだったかな」

「あなたが少年時代を過ごしたところでしょう」

「でもな、あの頃は空腹に耐えるのが精一杯で、紅葉を楽しむ心の余裕はなかったよ。まだ子どもだったし。食べることへの恨みはあるな。町はずれの北の谷間の家々には柿の木が植えてあったな。藁屋根より高い柿の木の色づいた葉が一枚一枚落ちはじめると、谷間から吹き上げる風で枝先がみな北向きに流れているように見えて印象的だったなあ。勿論、柿の実は外様のものだから食べられず我慢していたよ」

「ひどい時代でしたね」

「そうだったね。今では開発の手が入らず自然が大事にされた町だから、小京都といわれているのだろう。秋月の田園風景は江戸末期の面影を残しているので、全国的にも珍しい土地だと聞いたことがあるよ」

「そんな土地柄の秋はきっとすばらしいでしょう」

「久し振りだし、行くとしようか」

「お願いします」

話題も盛り上がり、食欲も進み、ゆったりとした中秋の昼過ぎである。

外出の時間になると、清治は背広の内ポケットに原稿の入った封筒を差し込み、「今から行ってきます」と一声かけて出掛けた。

太宰府の紅葉はどうだろうかと、楓の名所、光明寺へと廻り道した。光明寺の石段を上り山門からの眺めでは、境内の楓はまだ青葉が多く、色づきはじめた枝先が微風に揺れているのを見て、遅い秋になるのだろうと勝手な予想を描きながら西蓮寺へ向った。

背広にネクタイ姿での歩行では少々汗ばむような秋日和である。境内に入ると、内ポケットの封筒を確かめながら、本堂の正面から上り、頑丈そうな戸に手をかけると、すっと音もなく開いた。大きな戸が予想に反して力なく開けられたときの感触の心地よさには、「お待ちしていました。どうぞお参り下さい」と仏のぬくもりを感じるようであった。もしこの戸が重くて軋《きし》むようだったら、どうだろう。拒まれているような錯覚を起こすかも知れない。戸口の一つくらいと思われるかも知れないが、全てに気配が届いている西蓮寺さんには頭が下がる。

広い堂内に入り、御本尊の前で「南無阿弥陀仏」と合掌礼拝してから、親鸞聖人の御影像の前に坐り直し合掌礼拝すると、内ポケットから封筒を取り出し、原稿を呟くようにして読んだ。「涅槃経《ねはんぎょう》」のなかの「菩薩は、常に、如来は至冷の有なりということを感ず」といわれた経文を思い出していた。如来とは至冷の存在である。自分の住むところも、自分の内心にも一点の汚れや、ごまかしのない秋霜烈日《しゅうそうれつじつ》なお心の持主であるという聖句である。

自分はどうだろうと、清治は自らに問うていた。自分は甘くて、図々しくて、また名利心は人一倍強い。傷だらけの汚れたこ奴が安請け合いしたのではないかと、いまさら問うてみても逃げるわけにもいかぬ。ありのまま、そのままの自分が潔く書けたのだから、あとは如来にお任せしようと、原稿を封筒に戻すと庫裡の方へ窺いに立った。長い廊下を渡り終ったところに板木が吊るされていたので叩くと、ポクッポクッと鈍い音がした。

「はーい」とすぐ返事は返ってきた。骨太い障子が開き、顔を出したのは住職でも坊守でもなく、六十過ぎと見える小太りで色白の婦人であった。

「どちらさまでしょうか」

「河井と申します」

「私は手伝いの者でございます」

紺の作務衣の似合うこの婦人は、低音のはっきりした口調である。

「実は住職ご夫婦は京都でございます。明日はお帰りになります」

「ああ、お留守ですか。前もって来訪の電話でもしておけばよかったんですが、甚だ失礼なことをいたしました」

「そんなことはございません。何かご用件でしょうか」

「はい、「閃光」という寺報の原稿の依頼を受けていたので、遅くなりましたが持参いたしました。お預かりいただけますか」

「はい、よろしゅうございます」

清治が分厚い封筒を差し出すと、婦人は両手で受取り、深々と頭を下げた。

「よろしくお願いします」

「間違いなくお渡しいたします」

「本当に間違いなくお願いいたします」

「大丈夫です。必ずお渡しいたしますから」

清治の不安な心を察して、婦人は笑みを浮かべながら封筒を眺め直していた。

3

名残りの茶事は年輩の社中が亭主になり、恭子は水屋に徹した。滞りなく終り、恭子にも疲労感はなかったが、その後一週間は稽古も休み、休養した。いつしか夜長の秋は十月下旬に入っていた。役目を終えた茶道具は水屋から茶室にかけて所狭しと陰干しされ、この光景もまた静寂さを漂わせている。

恭子は早朝からお礼と支払のため、甘木の味処「あさくら」へ行っている。「お昼には帰ります」と言って出掛けたが、女将の内山寿子とは学友だし、久し振りのことだからそう簡単には帰れないだろうと、清治は勝手に決めていた。

午後は「歎異抄の会」である。そのことは恭子は知っている。時計を見ると十時を過ぎたばかりだ。清治は受話器を取り、ボタンを押した。

「もしもし、太宰府の河井です。『江魚』さんですか」

「はい、左様でございます」

「支配人さんですね、しばらくです」

「もうそろそろお電話があるのではと思っていました」

「思いが通じたんですね」

「それでは今日お越しになられますか」

「はい、参ります。予約しておきます。ところで、幸田さんは来ていますか」

「はい、来ています。お呼びしましょうか」

「いや、いいですよ。私の来店のことだけ伝えて下さい。いつもの時間になると思います」

「はい、分かりました。お一人ですね」

「はい、一人です」

「ではお待ちしております」

「失礼いたしました」

予約をすませ、台所で新聞を読みながらインスタント・コーヒーを飲んでいると、電話が鳴った。きっと恭子からだろうと思いつつ受話器を手にすると、やはりそうだった。清治の思惑通り、長談義の上に昼食までご馳走になるからと、少女のようにはしゃぐ声である。若い頃デートのときによく発していた声色を彷彿させ、清治の心に青春時代にかつてなした悪行の一齣を思い出させた。年老いると、忘却の彼方にあった苦い出来事などが突然思い出されて暗い心に落ち込むことがしばしばあるが、しかし清治はそんなところにくよくよしてはいなかった。そんなことではこの世に生れた甲斐がない。また今日のような楽しい思いも出てくることもあるのだなあと苦笑しながら、そんな思い出もすぐにまた消し飛んでしまった。

「歎異抄の会」に出掛ける時間になっても、恭子は帰宅しなかった。清治には恭子が旧友との懐古話と解放感に時間の経過を忘れるほど楽しんでいるのが伝わってくるようである。清治は黒のスーツに黄色のネクタイを身につけると、家を出た。

会は四時に終り、数名で講義の感想を語らっていると、会場を閉めるからと促されたので互いに別れを告げた。法友の後ろ姿に今生の別れという言葉を思いながら会場を出ると、夕刻の町は秋の深い寒さを感じさせた。

会場からそう遠くない「江魚」の前に立つと、戸は開けられ、暖簾が少し揺れていた。先月は改装のため休業で、十月に入って新装開店を知らせる案内葉書は見ていたが、足が遠のいていた。店内に入ると斬新な改装である。まずカウンターの幅が広く、朱塗りである。テーブル席の部屋全体はほの暗いが、テーブルは上からの光で絶妙な明るさになっている。カウンター席の椅子に腰を下ろすと、横幅が広くゆったりして、その分、客席数を減らしている。

カウンターの正面の棚の活け花は、店員たちの作品であろう、上手とはいえない。清治は活け花には少々うるさい方である。学生時代に大和池坊を習得してからは、小品花に興味をもつようになり、その道の師範より指導を受けたおかげで、今では恭子から我が家の茶花の担当を命ぜられている。そうした清治の目には「江魚」の花はこれまでも物足りなさを感じさせたが、料理が専門の店だから花のことは何も言ってこなかった。

清治が椅子につくと、「いらっしゃいませ」と支配人が笑顔で迎えてくれた。おしぼりで手を拭いていると、「いらっしゃいませ」と幸田が顔を出したが、やや緊張の面持ちである。

「河井さん、先日のお茶事のご招待を断り失礼しました。奥様によろしくお伝え下さい。

お願いします」

「分かりました。けれど幸田さんこそ大変だったね。奥さんは大丈夫」

「はい。あの、しばらく時間をいただけますか。お話したいことがございます。支配人には許可を貰っていますのでお願いします」

「実は手紙の文面から何事かあったのではと推察していたが、皆目分からないのでね」

清治がそこまで自分のことを案じていたのかと知ると、章介の心中は楽になっていた。いつ頃からか清治を心の師匠と密かに思っている。

「ぜひ聞いて下さい。申し訳ございませんが『白砂』という喫茶で待ってください。お店はご存じですか」

「はい、知ってます」

清治は残りの緑茶を飲み干すと、店を出た。ここから「白砂」はそう離れた所ではない。大通りに面した店の小さな自動ドアが開くと、駄菓子風の菓子が棚一杯に並べられ、人懐っこく微笑しているように見える。この店は二年程前までは清治の実家と同じ和菓子屋だったが、経営難のため喫茶店にリニューアルし、繁盛していた。

清治は奥まった所に席をとった。女性店員が冷水のコップを運んできて注文を尋ねたが、まだ連れが来店することを告げると、「決まりましたら」と去っていった。そこへ白帽と白衣を脱いだカジュアルな出で立ちの章介が入ってきて、素早く清治を見つけると、向かいの椅子に手を掛け、「どうもすみません」と言いながら腰を下ろした。そして心が騒いでいるような口調で、「のちほど支配人も来ます」と言った。

「そう。同じ時間に二人も店を空けていいの」

「一時間位だからいいだろうと言ってくれました」

「それはよかった」

「河井さん、コーヒーでよろしいでしょうか」

「同じものをおまかせします」

清治はコーヒーはこだわる方でない。家庭ではインスタントばかりだ。

章介は腕時計を見ながら、落ち着かない様子で何も語らない。コーヒーが運ばれてきて一口飲んだ後も、沈黙が続いた。

章介がカップに手をかけ、ようやく低い声で「話というのは」と切り出したきり、また黙ってしまうと、河井は静かに先を促した。

「幸田さん、話というのは」

「はい、実は支配人の口からと思っていましたが、来ませんね。店を外せなかったのでしょう」

そのとき、章介のズボンのポケットのなかで携帯電話の呼び出し音がなった。

「もしもし、幸田です。支配人ですか。……はい、分かりました」

「支配人からの電話ですか」

「はい、そうです。外せないのでよろしくだそうです」

章介は何度も腕時計に目をやった。

「あなたも時間がないのだから用件だけでも話してごらん」

「はい、実は私に本店より、神戸支店の料理長にと栄転の話がありました。自信がなくどうしようかと迷っている最中に、妻の病気もあり気が重くなっているところです。しかし、腕を磨くにはいいチャンスだと思っています」

「奥さんの容態はどうなの」

「はい。ようやく落ち着いてきたところです。けれど、この話を言える状態ではないので、まだ伝えていません」

「本当は行きたいのでしょう。急なの」

「一カ月先です」

「それはよかった。奥さんは保育所勤務でしたね。行くと決まれば単身赴任か同伴かの二者択一だからね。奥さんの回復状態を見計らって胸中を話してごらん。料理人としての理想とチャンスについて話し、納得してもらうことでしょう」

「はい、自分自身のことですから、当たって砕けろですね。断じてやります」

目がきらきらと光っている。清治も調子高く言った。

「『思うた念力、岩をも通す』という諺もあるよ」

二人は顔を見合わせて笑った。

章介の表情から、料理長への決断がついたように見えた。

「幸田さん、いくつもの難所が待っているよ」

「確かにそうです。それでも私は諦めません。話を聞いていただき、ありがとうございました」

「それはよかった。まず家の人たちにあなたの胸中を正直に話すことね」

「きっと話します」

章介は唇を噛み締め、レジの方へ立っていった。

4

清治と別れた章介は「江魚」を早退して家に帰った。慶子が病気してから実家に帰っていた。うがいをして台所に腰を下ろすと、母の千恵が尋ねた。

「章ちゃん、いつも夜の十一時頃なのに、八時とは何かあったの。具合でも悪いの」

「章介、どうした」

テレビを見ていた哲也も怪訝そうに聞く。これでは胸中の悩みを語り出せる状況ではないと思いながらも、一刻も早く話したいという心の高鳴りが聞こえてくる。章介は気分を鎮めようと、浴室に向った。ぬるま湯だったが、思考するには最適の温度だ。毛穴が開いたためか、心も穏やかになっていった。この調子だと焦らず、慌てず、言いたいことが素直に言えるような気分になり、浴槽から出てシャワーの水流を勢いよく身体に当てた。

病み上がりの慶子もベッドから起きてきていた。

「章介さん、お風呂が珍しく長かったわね」

「そうか」

「中で倒れてるかもと思ったよ」

「大袈裟な」と章介は言ったが、今の胸中では否定出来ないことかも知れない。「冗談よ」と慶子は笑ったが、今の心境は冗談ではすまない状況が起きてもおかしくないと、逆に反動的な気持が章介を襲い、そのはずみであれほど言えなかった言葉が出た。

「お父さん、お母さん、重大な話があるんだ。慶子にもだよ」

「唐突に重大な話とは、びっくりするではないか」

「何なの」と千恵が不安げに聞いた。

「お父さん、お母さん、慶子、単刀直入に言うからな」

三人の目は章介を直視している。

「俺、本店から神戸店の料理長にどうかという打診を受けていて、どうしようかと迷っていたんだ」

「そんな話だったの」

千恵は気が抜けたように微笑みながら、「多額の借金か、使い込みでもしたのかと思ったわよ。そんな話でよかった」と言う。

章介は一人ひとりに聞いた。

「お父さんは」

哲也は数秒間、章介の顔をのぞき見て話しはじめた。

「まあ、それは名誉なことだが、賛成もしない、反対もしない」

額に皺を寄せて聞いていた章介は、父を気遣いながらも強い口調になっていた。

「お父さん、無責任だよ。俺一人の問題じゃないよ。家族の問題でもある。お父さんは本当はこの店を手伝わせたいんだろ。だったら福岡も神戸も反対ということになるな」

腕を組んで聞いていた哲也は、

「章介は神戸へ行きたいのだろう。自分自身のことじゃないか。お前の願望に忠実に生きたらよい。反対はしない。ただし慶子さんはどうかね」

いつの間にか母の顔も神妙になっている。

「お母さんはお父さんと同意見よ」

「ありがとう。……慶子は」

慶子は呼ばれてもぼんやりとしていた。千恵が横から肩に触れ「慶子さん、慶子さん」と呼びかけると、はっとして三人を見た。

「ああ、すみません。私の番ですね」

「ごめん、ごめん。俺が夫婦として相談しておけば驚かなかっただろう。水臭かったと反省してるよ。今日、支配人と常連の河井さんに相談したら、まずは急いで家族に話すようにと言われ、背中を押されて早退してきたわけなんだ」

三人は頷きながら聞いている。

「神戸は味にうるさい客が多いとも聞く。そんな所へ行くのだから勇気がいるよ。慶子はどう思うの」

「……少し待って下さい」

弱々しく答える様子に、千恵が少し苛立ったように声を強めて言った。

「慶子さん、約束とはいえこの際、保育所勤務をやめて、章介の仕事や店のことをもっと考えてくれないかしら」

「お母さん、子どもが出来るまでは勤めさせてもらうという約束だったでしょう」

慶子の強い語気に千恵は少したじろぎ、つい思うままを口にしていた。

「それはそうだけど、もう五年も経過して子どもも出来ないでしょう。ちょっと長い気もするの」

慶子は表情をこわばらせた。

「それは言い過ぎだよ、お母さん！」

章介も思わず大声を上げていた。慶子は唇を震わせながらもはっきりとした口調で言う。

「私は子どもを産む機械ではありません。私の好きにさせて下さい。子どもを産もうが産むまいが、私の勝手でしょう。第一、これは二人の問題です。お母さんたちにあれこれ言われるすじあいはありません」

それまで冷静に聞いていた哲也も、口を切ると言葉柔らかにとはいかなかった。

「慶子さん、そんなことはみんな分かっているよ。でもね、子どもの誕生を願う気持は分かってもらいたいな。家族なんだよ、この関係を否定されたくはない。家族とは何だろう。慶子さんよ」

話は慶子を責める風向きに変わっていた。

「慶子さん、章介が神戸行きを決定すれば単身赴任か、ついて行くとすれば保育所を退職するか、神戸で勤務先を探すか探さないのか、どっちなの」

「章介さんの転勤は賛成です。でも私、唐津に残ります。勿論、保育所へは勤めさせて下さい」

「そんな状況でも勤めるの」

千恵はあきれるように言い放った。

「ごめんなさい。家族を否定したのではないのです。ただ、自分が一番気にしていることでしたので、つい……。私がなぜ保育所勤務を続けるのか、その真意を未だ章介さんにも話してないのです。妻として申し訳ありません」

そう言うと、慶子は少し口ごもった。

章介は、夫の自分にまで本心を隠していたということに、驚いた。なんでも話し合うと、ことあるごとに言ってきたのにと思うと、心は苛立ってきた。大きな決意を秘めていながら沈黙し、一緒の時間を過ごしていたのかと思うと、ひどく寂しい気持になった。

「慶子は妻としての考えを言ったのだから、もっと奥に秘めていることがあるのならいまさら隠すことはないよ」

章介は興奮していた。しかし、慶子は依然黙したままであった。心の中を急いで整理しようとしているようにも見えた。

千恵が、そんな沈黙を破った。

「姑としてではなく、一人の女として尋ねるわ」

姑としての押し付けがましさから、慶子を解き放とうという心遣いだった。嫁姑という関係を超えて、同等の女として話を聞くことの大事さに気づいたようだ。

「慶子さんすまないね。嫁として先輩面されるのが嫌だったのよね」

慶子は重かった口をやっと開いた。

「いいえ、そんな失礼なことは思ってもいません。それに、子どもは私が一番欲しいのです」

「私ね、お寺さんに詣った時の講話で、こんな話を聴いたのよ」

と千恵は三人に向かって言った。章介が、

「どんな話だった」

と話をつないだ。

「家は何で出来ているかという話なんだけど、みんなどう思う。木材や石材、コンクリートなどの建材からだと思うでしょう。ところが、そうじゃないと言うのよ。千年も前の中国の偉いお坊さんが、名前は忘れたけど、その人がね、家は五欲で出来ていると言ったんですって」

そう言うと、すかさず哲也が、

「五欲って聞いたことがあるよ。確か、食欲、色欲、財産欲、それに……。千恵、あと二つはなんだっけ」

「名誉欲、それに睡眠欲でしょう」

と答えた。そして、

「一人ひとりの五欲の集まりで出来ているのが家というのだそうよ。だから家は喧噪《けんそう》だと教えてもらったわ。家という字は、豚にうかんむりで覆って、さらに豚の月の字を略して書くようになったらしいのよ。だから、いつも家の中はブウブウ言って生活しているさまをいうんだって。それではいけないと、静かな家庭を作ろうとそれぞれが清心を起こしても、水に絵を描いたようなもので、すぐに消えてしまうという話だったわ」

「お母さんは偉い。いつも笑顔のお母さんがそんな深いことを知っていたとは、驚きだね。いやまいった」

章介が母に向かって小さく頭を下げると、千恵は章介に向かって右手を左右に小さく振

って、

「そんなに持ち上げなくても結構よ」

と言って笑った。

「それから、これは余計なことかも知れませんけど、地域社会の伝統を守るという点では、よりシンプルにと、良き伝統や習慣も切り捨て簡潔化と心の砂漠化していく東京型か、歴史的伝統や習慣も大事にして縦や横のつながっていく京都型を選ぶかによって、日本のこれからが決まるといわれていることもご参考までに。話がそれて大げさになってごめんなさい」

章介は、もう一度話を元に戻そうと、

「話を元に戻して、慶子の本心を聞こう。気楽に話していいんじゃないかな」

と、間が空いたことで少し落ち着いて言った。

千恵が、少し弾んだ声を出した。

「お茶を入れようか」

「お母さん私が」

「いいのよ、あなたはお話があるでしょう」

「すみません」

千恵は、立ち上がろうとする慶子を止めてお茶の用意をはじめた。千恵の運んできたお茶が一人ひとりに出されると、お茶をいただくことでさらに気持を落ち着かせようと、それぞれお茶を飲んだ。慶子がゆっくりと話しはじめた。

「私が話しやすいように、皆さん気を遣ってくださって、ありがとうございます。子ども好きな私に未だ子どもが授からないとは、皮肉なものです。子どもができるまで保育士を続けることを許して下さったのに、まだ出来ないのは計画的に延ばしていると受け止められても仕方ないことです。でも、決してそんなつもりはありません。不安があるとすれば、子どもが出来て、自分の子と他人の子どもと区別なく接することができるか、ということぐらいです。でも、三十歳までには保育士を退職してお店の手伝いをしながら、と考えていました」

すかさず章介が、「それだけ」とたずねた。

「いえ、私、子どもたちの成長を保育所で見ていると、保育所での給食や子どもたちの食事がいかに大事かを考えさせられることが多いんです。朝食は食べたのか、野菜はとっているのか。それにこの子どもたちが大きくなったら、どんな食事を作るのか、どんなお店に食べに行くのか。だから食べることの大事さを感じています。お店を手伝っていくうえで私ができることはなんだろうと」

「慶子さん、遠慮はいらないよ。話してごらん」

「お父さん、聞いて下さい。章介さんにはすまないという気持で一杯です。章介さんが将来、料理店を継がれることは覚悟して嫁いできました。家族の一員となり、どうすれば店に貢献できるのか、店の将来のことを私なりに考えています。

今、世界では食糧不足の問題が深刻です。日本は輸入に頼り切って、それが当然の事態になってしまっています。地産地消が叫ばれてはいますが、道は遠いでしょう。少子化も、飲食関係の店にとっては競争を激しくするものです。だからこそ食べること、食物についての勉強をしたいのです。出来たら短大に通い、本格的に学習し、もしお店の将来の力になればと思っていました」

この健気な告白を聞きながら、章介は自分が慶子の気持を全く分かっていなかったことに愕然としていた。

「ごめん。家の将来のことをそんなふうに考えていたなんて気付かなかった。……家族が心が溶け合わせるためには努力が必要なんだ。こうして心底をさらし出すのは勇気がいるけど、とても大事なことだと思う」

章介の力の籠った言葉に、みな頷いた。

「慶子さんは私よりお店のことを思ってくれているのかも知れないね。……でも章介が単身赴任で行って神戸で女が出来ても知らないよ、慶子さん」

千恵は冗談めかしながら言ったが、慶子を気遣っての言葉であった。

哲也だけは渋い表情のままでいたが、ふっと息を吐いてこう言った。

「仕方がない。お前たち夫婦の問題だ。三年も辛抱すれば帰ってくるだろう。夫婦が離ればなれでも、孫の誕生のための努力は惜しまないでくれよ」

四人とも緊張が切れて大声で笑った。家庭崩壊の文字が新聞やテレビによく登場する昨今だが、四人はひとまずこの騒動で家族の絆を深めた。

晩秋の夜の十一時過ぎは若い章介夫婦にも肌寒く、二人の間を近づけた。

5

書斎机に二通の封書が置かれていた。カーテンを全開したが、ほの暗いので電気スタンドを点した。花模様の描かれた封筒の裏には、幸田章介と記してあった。開封すると、神戸行きを決断したこと、それに伴う妻や両親とのエピソードが細かに書かれていた。読んでいると彼の笑顔が彷彿と浮かんでくる。

もう一通は西蓮寺からである。十一月十二日午後一時より「閃光」の編集委員会を開催するので、ぜひ出席下さいとの案内である。初めてのことだし、早速電話した。

「もしもし、河井です。ご無沙汰しております」

「西蓮寺でございます。私の方こそ失礼いたしております。お元気のご様子でございますね。今度はお手紙でご相談いたしまして、恐縮でございます。ご出席、いかがでございましょうか」

「はい、ぜひ参ります。よろしくお伝え下さい」

「いや、こちらこそよろしくお願いいたします」

坊守の明るい声だった。受話器を置くと、また書斎に戻った。恭子はお茶の稽古が休みなので外出している。静寂な雰囲気の中の独坐はいつものことである。

「ああ、そうか。幸田さんが初心者向けの『歎異抄』の講義本があれば読みたいと言っていたな。そうそう、送ってあげよう」

呟きながら書棚の前に立った。

「ええっと、ええと」

書棚を右から左、左から右へとリズムをつけて目を横に走らせ、「そうだ、これがよかろう」と取り出したのが酒井源次著『歎異抄に学ぶ――その解釈と解説』（信濃教育会出版部）である。書斎へ戻って章介に返事を認めた。

章介様、『歎異抄』の講本を贈呈します。熟読して下さい。私の『歎異抄』への姿勢を述べましょう。

『歎異抄』は、唯円房（親鸞の弟子）の著作ですが、これほど鮮明に親鸞を伝えている書物は他にないと思います。私は停年退職を数年後に控えていたとき、一身上の問題に遭遇し自殺願望に陥りました。そのとき愛知の岡崎市のある寺院で『歎異抄』をはじめて読み、闇から救済され、それ以来自分の生涯の書となりました。出世街道という名利の道を走り続けた私が大きな行き詰まりにあい、このときに出会ったのが『歎異抄』なのです。この書は人間の性の至奥を明かしており、また、これ以上人間性の奥を徹底し、人間とは何かを掘り下げ尽した書が全世界で他にあるでしょうか。ただこの一冊を読んでいるだけの私です。

親鸞とは如何なる人か。

人間親鸞の全容を知り、親鸞の人間的核心に触れんとせん人はこの書を見よです。章介さんが真剣に『歎異抄』に学ぶなら、いつかきっと「機《き》の深信《じんしん》」と「法の深信」という言葉に出会うと思います。まだ『歎異抄』がこれからというあなたには乱暴な話かとも思いますが、この言葉だけでも覚えておいて下さい。

私が親鸞親鸞といっているのは、歴史的に偉大とか、学問的に勝れている、また仏教史における位置の高さなどをいっているのではなく、ただ『歎異抄』に出ている親鸞の人間像だけでいっているのです。

章介さんが『歎異抄』に自分自身を学び続ければ、『歎異抄』におけるがごとき生き生きとした親鸞があなたの前に立って、生きて働きかけて下さるお姿に接するでしょう。〝読書百遍意自ずから通ず〟といいますね。宗教とはよき人の仰せを蒙ることでしょう。云々。


章介の転勤後は容易に会う機会もなかろうと思うと、つい長文になってしまった。文面を幾度も読み返し、書籍と一緒に小包にした。

しばらくして清治は頭の疲れを癒そうと、肌寒くはなったが散歩に出た。

6

十月十二日、編集委員会を開いているので午後三時頃に顔を出してもらいたいとの変更の伝言を受け、少々遅れて西蓮寺の山門をくぐった。

会場は庫裡二階の門徒会館の裏である。隣は講師控え室になっている。

会場に入ると二十脚の椅子が四角の縦長のテーブルを囲み、そこに六人の男女がすでに会議中であった。正面には移動式の黒板が一基置かれて、何やら書かれている文字は今日の話合いの経過を示していた。各自の前には季刊の冊子「閃光」八十号が配布され、オブザーバーの清治の席にも置かれている。

眼鏡をかけた丸刈りの男性が清治を見て会釈した。副住職の弘道である。立ち上がると参加者に清治を紹介した。

「協議の途中ですがご紹介いたします。お見えになったのが河井清治さんです。この八十号に『歎異抄との出会い』を執筆いただいています。ご多用のところご来場いただきありがとうございます」

「ご紹介いただいた河井清治です。今後ともよろしくお願いします」

すると一同は異口同音に、「ありがとうございました。皆さん喜んでいますよ」と言う。

「こちらこそありがとうございました。力不足で恐縮です」

「読んでいて涙が出ましたよ」と言ったのは白髪で色白の六十歳代の婦人で、婦人会の会長を務める白根美子である。

「私も胸に来ました」とは、今風の髪型でカジュアルな服装をした青年、松原隆である。

寺総代で頭髪の薄い眼鏡の老人、山瀬健蔵が清治に尋ねた。

「河井さんは文章の中で、自分はただ『歎異抄』に出ている親鸞の人間像、それだけで親鸞を語っているとお書きになっておられますね。そこのところをもう少しお話しいただけませんか。お願いします」

清治がしばらく間を置いて「少々長くなりますが、よろしいでしょうか」と念を押すと、健蔵は「よろしいですよ」と答えた。他の者も「結構です。長くなってもいいから聞かせて下さい」。

「それでは話しましょう。私が岡崎時代、つまりサラリーマンだった頃の話です。『歎異抄』に学ぶため寺の聞法会に通っていましたときの前田周先生のお話が耳から離れないで、胸に釘を打たれたような衝撃が残っています。

あるとき、『歎異抄』第二条のお話が二時間程で終りました。休憩後、座談会となり、一人のご婦人が、親鸞を知るためには当時の社会や歴史を知らなければならないと思うがどう調べたらよいか、という質問をされました。きっと親鸞に感動して、その親鸞に会う

ための条件を問われたのでしょう。大勢の中での質問ですから勇気もいったことと思います。それほどの熱意の現われでもあったのですが、すると前田先生は次のように返されました。

第二条のはじめに、身命を顧みず尋ねてきたのは往生極楽の道を問い聞かんがためだったのでしょう。そうでなかったら、比叡の山や奈良の寺々に立派な先生がおられるので、そちらへと言われているように、東大にも京大にも立派な博士たちが多くおられるので、そちらへでも行ってそれを聞きなさい。そんな質問をするのは私の話を少しも聞いていない証拠です、と。ご婦人はすぐに席を立たれ、二度と会には姿を見せませんでした」

一同は自分自身の求道のマンネリ化に如来より鉄槌をいただいたものだと痛感していた。

山瀬健蔵が声を上げた。

「皆さん、ご相談がございます。河井さんに八十号だけでなくこれからも『歎異抄』との出会いを連載していただきたいと考えていますが、どうでしょうか。お計り下さい」

副住職の弘道がこれを受けて、「同感です。委員の皆さん、ご同意いただけますか」と言うと、短髪で浅黒い顔をした公務員の仲村幸次郎がこう答えた。肩書きは仏教壮年会員である。

「仏教は教えに我が身を聞いて行く道と聞いております。河井さんのお話し下さったように、対象論理の受け取り方では学んでも迷いになってしまうでしょう。知識の話で終ってしまうでしょう。学ぶとはどうあるべきかということを『歎異抄』を通して明らかにして下さったらと思います」

そして、やや茶髪で黒い瞳の若い女性、山際礼子も「同感です。ぜひお願いします」と言い、全員が続編への熱い意思表明をしてくれた。

清治は嬉しくもあり、責任の重大さもひしひしと感じていた。どうかした場合は、年だからなあと弱気になるのだが、今回はそうでなかった。むしろ、さあこれからだと、いのちの尖端に立っている自分を新鮮に身に感じていた。自己弁護の必要もなく素直に、「皆様の熱意から逃れる道はないようです。喜んでお引き受けいたします」と答えた。

一同は満面の笑顔で拍手し、清治の顔はますます神妙になった。

「よろしくお願いします。では、私はこの辺で失礼します」

「いや、もうしばらくお付き合い下さい」

立ちかけた清治はまた坐した。会議はしばらく続き、弘道から閉会の挨拶である。

「これで今日の会議は終ります。熱心なご協議ありがとうございました」

そこへお手伝いが盆を運んできた。

「皆様お疲れでございました。お茶のご用意をいたしておりますのでご一服して下さい」

小振りの盆が各自の前に順次置かれていく。

京都北野上七軒の有職菓子御調進所「老松」の「嵯峨十景」の落雁の一箱と、絵唐津に薄茶の点てられた茶碗が載っていた。清治は茶碗に手をやり、例の如く契茶した。両手をかざして飲む抹茶には、なんとなく心に広がりが起きてくるようで、落ち着くものだ。清治は言った。

「『閃光』は季刊発行ですね。それは年四回ということでしょう。大丈夫かな」

と、仲村幸次郎が笑って言う。

「今さら何をおっしゃいますか」

「やっぱり逃れられませんか」

「そうですとも」

委員たちは大声で言う。すかさず清治は返した。

「それではお育て下さい。お願いします」

清治のきっぱりとした声が部屋に響いた。

松風

1

平成十三年三月、桃の節句の頃のうららかな昼下がり、ひとり留守番しながらテレビの前でうつらうつらしていた清治は、突然の電話に目が醒めた。

「もしもし飯田敏子です。ご無沙汰いたしております」

「おお敏子さん、しばらくです」

「そうですね」

「また珍しいことで、何かご用でも」

清治の声はどことなく弾んでいる。

「私ね、福岡支店へ出張が決まりました」

動悸がした。

「いつ頃になるの」

「それが三月の十日から二泊三日なんです」

「それじゃ夕食でもご馳走するよ」

「まあ嬉しい。電話してよかった。どうしようかと迷っていたんです。それじゃ十一日の夜が空きます。博多の新鮮なお料理を遠慮なくいただきますよ」

敏子が柄になくはしゃぐ声に、清治は落ち着いた声で答えた。

「天神の福博ビル一階の入口に、六時頃来て下さい。ではその日まで、さようなら」

「さよなら」

敏子が清治の自宅の電話番号を知っているのには、こんな事情があった。

岡崎の常楽寺から鐘楼堂の落慶法要の案内状をいただき、清治は足を運んだ。清治にとって生涯忘れることの出来ない寺である。「いのちを生きるとは何か」を教えていただいた寺である。晴天の空の下、清治も梵鐘をついた。ゴーンと響く。「正覚大音、響流十方」である。来てよかったと素直に喜び、感激の涙に咽《むせ》んだ。

酒宴に加わったが、日帰り日程のためそこそこで立ち、急遽、以前勤務していた会社に立ち寄った。七、八年振りの社内は様子が全く変わって見知らぬ人ばかりである。そのとき、微笑しながら近づいてくる中年女性がいた。

「河井さんでしょう、しばらくでございます。この社にご用件でも」

「おお、飯田敏子さんですね、こんにちは」

二人は深々と挨拶を交わした。

「私、変わってないでしょう」

「自分で言えば世話ないよ。でもやはり変わってないね」

名古屋に来た理由を細々と話し、思い残すこともないので別れの挨拶をすると、

「河井さん、名刺をいただけませんか」

「そうだね、肩書きのないシンプルなものだよ」

敏子は笑顔で受け取った。

「ありがとうございました。こんな所で立ち話ですみませんでした。福岡にご縁があったときには遠慮なくお世話になります」

「どうぞどうぞ。じゃ、さようなら。お大事にして下さい」

「河井さんもお身体をお大切に。さようなら」

退職後はじめての社内訪問だったが、まるで浦島太郎だった。

敏子との約束の日が来た。水ぬるむような暖かい日和である。

「岡崎時代の友達と夕食の約束をしたので遅くなるよ」

「お友達ね。あまり飲まないでね」

恭子はそれ以上尋ねることはしなかった。

「留守を頼むよ」

「行ってらっしゃい」

玄関の戸を閉めながら、清治はひとり春の夜を過ごす恭子のことを思い、後ろめたい気持にもなっていた。

何年も前のある夜のことである。

「今晩どう」

恭子に催促した。

「私に何もしないで。このままが身体にいいの」

優しく断られた。その日から幾度か挑戦したが、拒否された。若い頃は強引に迫ったが、老いては負け犬のように女房のベッドの側から離れ、五、六年は没交渉である。互いに腕を巻きつけて、流れる汗も拭かなかったあの頃のような、あかあかと火のように燃えることは金輪際ないだろう。今は濃密な交わりのあったことをかすかに思い出すだけである。

そんな妄想に耽る日が時々ある。煩悩具足の凡夫だなあと、合掌しながら深い眠りにつく。前期高齢者の姿である。

しかし、老軀といっても男だ。業縁の催してくると何をするか分からないのが人間だから、いのち終るまで信用ならない。敏子との約束を躊躇《ちゅうちょ》したが、今になってはもう遅かった。


敏子は清治が課長時代の部下である。はじめはアルバイトの女子大生で、社内でも美人で評判だった。将来は女子アナかキャスターが希望だったはずだが、性に合ったのか、会社の本採用の職を選んでキャリアウーマンとして過ごしていた。

待ち合せた場所に敏子は時間通り現われた。清治は現実を疑うような思いであった。妻以外の女性と街頭を歩いている自分が不思議でならなかった。

今なお美しい敏子と肩を並べていると、ブナの木の内部にさらさらと流れる水音のようなものを自分の体内にも感じ、ただならぬぬくもりを気分よく味わっていた。色欲の活動だろう。これは邪淫《じゃいん》だ。清治は恭子に敏子のことを話さなかったことが気になってきた。ただ友達と会うとだけ伝えてきた。これはまずい、と思った。そのまずいことが起きてしまったのだ。

たまたまこの日、娘の依子は天神に出掛けてきていた。買物もすませ、店を出ようとすると、目の前を通り過ぎる父の姿があった。見知らぬ女性と親しげに話しながら歩いている。依子は一瞬、目を疑った。人違いかも知れないと、気付かれぬよう後をつけたが、間違いない。折り目の新しさのまだ失せていないグレーのスーツに、淡い朱色の大小の斜め縞模様のネクタイの粧いは、清治の足の悪さからくる歩き方までは隠してくれない。

肩を並べる細身で長身の女性は五十歳前後か。薄緑の上下のスーツに、白襟からはダイヤ混じりのネックレスが光っている。父のもつれそうな足取りをかばうような歩き方だが、なかなか洗練された足取りである。依子は思わず見とれてしまい、それが余計に声をかけるのを躊躇させた。呼び止めれば父の自由を奪うようでもあり、呼び止めなければ怪しい行動を許したことにもなるようで、どうしたものかと迷い、気が滅入ってきた。そして追うのを止めた。

通りすがりの喫茶店に入り、気持の静まるまで一杯のコーヒーと付き合った。妄念妄想した揚句、動揺はますます収まらない。母も承知のことかも知れぬと、電話して尋ねてみたかったが、そうでないときの母の心痛を思えば、それもためらわれた。しかし……。しばらく考えた揚句、依子は意を決して店を出ると、静かな場所を探して母に電話した。

「もしもし、お母さん、こんばんは、依子です」

「まあ珍しい。依子ちゃん、こんな時間にどこから」

「福岡の天神からよ」

「何かあったの。あなたからは電話のないときがよかとき」

「お母さん、冗談言うてる場合ではないとよ」

「それはまたどうしたこと」

「驚いちゃいかんよ。落ち着いてね。……お父さん、いるの」

「いないよ」

「やっぱりそう」

「やっぱりって、藪から棒じゃ分からないよ」

「お父さんに会ったの」

「どこで」

「天神で、女の人と肩を並べて歩いていたよ」

「まさか」

「そのまさかのまさかよ。お父さんは何と言って家を出たのよ」

「友達と天神で夕食をするから遅くなるだろうって」

「お父さんの嘘つき」

数秒の沈黙の後、恭子は怒り声で言った。

「まあ、お友達というから男の旧友かと信じていたのに」

「お父さん、お母さんを裏切ったのね」

「許せない」

この言葉を聞いた途端、依子は母に隠しておけばよかったと後悔した。しかし、自分が隠せば父子で隠すことになる。やはり言うべきだったと気をとり直した。

「お母さん、お父さんを信じましょう。勘繰るのも罪よ」

また数秒、間があり、少し落ち着いた声で恭子が答えた。

「そうね、二人でいくら勘繰っても堂々巡りだもんね」

「お母さん、騒がせてごめんなさい」

「秘密に満ち満ちた夫婦。老いてまでいやね。でも難しいことね。依子ちゃんも油断禁物。他人事やないとよ」

「そうね、分かった分かった。お母さん、そっと糾《ただ》してね。きっと何か訳があるのよ。じゃ、おやすみなさい、さようなら」

「ありがとう。おやすみなさい」

恭子は受話器を置くと、依子の言葉を受け止め、事を荒立てないでおこうと心を落ち着かせた。


母と娘が騒動している頃、清治と敏子は「江魚」の暖簾をくぐった。

二人を見た支配人は一瞬戸惑った。予約で二人と聞いていたが、女性同伴とは想像しなかったからである。

支配人から「カウンターでよろしいですか」と聞かれ、清治は敏子に尋ねた。

「カウンターでいいの」

「いいわ」

二人の親しいやりとりを見て、支配人は敏子に尋ねた。

「市内のお方ですか」

すると清治が口を挟んだ。

「いやいや、名古屋です。会社時代の仲間ですよ」

「そうですか。それは遠い所を。ご出張ですか」

「はい、そうです。この年まで福岡でご馳走をいただいたことがないので、楽しみにしています」

「ますます光栄です」

支配人はまんざらでもない様子で、人さし指で眼鏡を押し上げながら笑っている。

この店の料理は京都の本店の指示に従い、月ごとに品書きが変わる。この三月は「弥生の宴」とか「北山の春」などの京懐石の膳名が写真入りで紹介されていた。カウンターには支配人お勧めの品目もずらりと認められている。二人は一応目を通した。

「おまかせしましょうか」

清治の言葉に敏子も「はい、そうして下さい」。

清治は若い店員に「おまかせします」と告げた。

「はい、分かりました。おまかせですね」

しばらくすると、田原陶兵衛の萩焼に鯛の昆布〆が運ばれてきた。ビールの入ったコップを、支配人も混じって乾杯する。

「この店は、食材よし、味よし、器よし、もう一つ腕よしだ」

「持ち上げないで下さい、河井さん。恥ずかしいじゃないですか」

「だって本当だから。敏子さん、どんどん食べて下さいよ。遠慮はいらないから」

「私、遠慮なんかしないわ。根が図々しいものだから」

二人は顔を見合わせて笑った。

「ここに以前、幸田という若い板前がいてね、よく私の相手をし、気のきく子だった。今は神戸店の料理長として頑張っているらしい」

「河井さんはこの店とのお付き合いは長いのですか」

「こちらに来て間もなくだったなあ。最近は疎遠になっていたが」

二人の会話に支配人が口を挟んだ。

「そうですね、幸田がいなくなったので、お忘れになったのかと思っていました」

「いやいや、そんなことはないよ。この店に来ると妙に落ち着くんだよ。敏子さん、召し上がれ」

清治は酔いが廻ってきた。

「河井さんは会社時代、よく酔っぱらって騒いだでしょう」

「思い出したくない」

清治がきっぱり言い切ったので、敏子はしばらく黙ってしまった。この言葉には清治のサラリーマン時代の何十年間の苦悩を感じさせるものがあった。

「敏子さん、すまないね。もう一杯どう」

清治はそう言って酒をすすめ、互いの他愛もない近況話に花を咲かせた。

「敏子さん、このへんでお開きにしようか」

時刻は午後八時を廻っていた。

「そうですね。私、何もしないでいいのですか」

「いいの、いいの」

「ではお言葉に甘えます。大変ご馳走になりました。いいお話を聞けて、私の近況なども話せて、いい思い出になりますわ」

「支配人さん、タクシーを二台呼んで下さい」

清治は勘定をすませると、敏子とまた再会出来れば楽しもうと約束し、それぞれタクシーに乗り込んだ。


知らぬが仏の清治は上機嫌で帰宅した。玄関のブザーを押したがなかなか返事がない。酔い気分で強く押した。

「おーい、帰ってきたよ」

「そんな大声を出して、何時だと思っていますか」

ドアが開くと清治は崩れるように玄関に入り、急に声を落として「ただいま」と言った。力が抜けてほっとしたような声である。

清治が靴を脱ぎ終えるのを待って、恭子は尋ねた。

「あなた、誰と飲んできたのですか」

清治を睨みつける恭子の唇は微かに震えている。

「友達だよ」

「嘘おっしゃい。調べはちゃんとついていますからね。依子が天神で買物して店を出たところで二人を見たと言って、電話してきたんです。証人がいるんですよ」

事を荒立てないと決めていたのに、恭子は怒りが抑えられなかった。

「誰かって、勤務していた頃の部下の女子社員。課長時代に戦いを共にしてきた同士だよ」

「女じゃありませんか」

「女だよ」

もうどんなに言っても言い訳に過ぎない。これ以上の興奮は恭子の持病に悪いと、清治は気が咎めた。敏子に会って、身も心も平常でなかったのは事実だ。厳密にいえば「女犯《にょぼん》」ではないか。愛欲の広海に沈没《ちんもつ》した煩悩具足の凡夫の私である。ちょっとの隙間に、この女はと異常を抱いたわずかの一点でも犯したことになるのだと、親鸞は私の前にお立ち下さっている。清治は後悔した。

恭子は少し落ち着き、低い声で尋ねた。

「女性だと言わなかったのは後ろめたさがあったからでしょう」

「本当に申し訳なかった」

罪深い俺だ。なぜ堂々と言わなかったのか。本当のことを言えば許してもらえないと思ったからではないか。妻への不信の業因の結果がこうだ。清治は「許してくれ」と両手をついた。

家の中は静けさを取り戻した。恭子は水の入ったコップを運んできて、清治の前に静かに置いた。清治はぐいっとそれを飲み干すと、今日のことを訥々《とつとつ》と語り出した。

2

平成十四年も師走を迎えた。十二月が来ると恭子は茶席の床に「歳月不待人」を掛けて漢詩を詠ずる。

盛年不重来
一日難再晨

及時当勉励
歳月不待人

（陶淵明「雑詩其一」）

「盛年重ねて来らず、一日再び晨《あした》なり難し、時に及んでまさに勉励すべし、歳月は人を待たず」

老いてゆくばかりで二度と若さは戻ってこない、忙しい忙しいと一日は過ぎ、過ぎ去った朝は再び来ない。ひとときを静かに坐って自分を振り返り、一日をいかに生きているかと内省すると、時の流れの速さがしみじみと身に染みてくる。そんな意味かなと清治は味わって聞いている。

「閃光」八十九号の依頼を受け執筆中であるが、これは二〇〇三年の新年号に当たる。あっというまでここまで来たという実感が迫る。老軀の身には力不足で、行き詰まるとなぜ引き受けたのかと自問自答の結果、投げ出すことはしないという結論になる。やるしかないとまた筆を執ってきた。最近では西蓮寺より講話の依頼も受けるようになっていた。

「もしもし、西蓮寺の坊守です。一月に報恩講を修めますので、そのときの講話をお願いします。本講の講師は別にお見えになりますので、前席三十分間、『歎異抄』に関するお話をぜひお願いしたいのですが」

「私にですか。他のお方に」

「ぜひ河井さんにと、婦人会長さんからもお願いされているんです」

そう言われれば断れない。

「はい、承知しました。参ります」

「安心いたしました。それではよろしくお願いします」

こんなふうに過去何回か依頼があった。

人の前に立って話すのは、ありのままでいいですよと言われても、それが難しい。名利心があって、いつの間にか自分を飾っているからだ。自分以上のものを見せようと背伸びするものだから行き詰まって苦しむが、自業自得である。

原稿を書いていた手が止まった。塀越しに見える柿の木には、木守《きまもり》と数えるほどの葉がついていて、その中の一枚がひらりと我が家の庭に舞い落ちた。落つべき所に、落つべき姿で、時々吹く風にパタパタと音を立て動いていると、一陣の風に身をまかせどこかへ飛んだ。清治は机から離れて庭先に出ると、柿の葉を探した。我が家の犬走りに貼り付いたようにして、カサカサと小さく微動していた。しばらく立ったまま、珍しいものでも発見したような目つきで眺めている心境は、自分でも察しかねた。俺はなぜこんな行動をとるのだろうか。すると強い風が吹き、その葉はふっと塀の外へ飛んでいってしまった。

もう二年になるか。ふと清治は章介のことを思った。腕を磨くために神戸に飛び立っていった章介。

いつだったか、こんなことがあった。章介のいなくなった「江魚」に行くと、たまたま支配人も休みだった。カウンターでは若い板前が平目の刺身のさばきにかかったが、手間がかかり、出されたときは手のぬくもりと包丁さばきの悪さのせいか、口にまずかった。黙って食したものの、章介の上手な包丁さばきの料理を食したいと思った。贅沢なことだ。目の前で奮闘してくれた若い板前に感謝せねばとも内省した。

そんなことを思い出していると、原稿のことなどすっかり忘れていた。我に返り書斎に戻ったものの、落ち着かぬまま電話機の前に立って受話器に手をやり、章介の勤める神戸へダイヤルを廻そうとして、止めた。今頃は夕刻の忙しい時間帯のはず。奮闘中であろうと気付いたからである。後で改めて電話することにした。

さてと机に戻り筆をとる。

「ご飯ですよ」

台所から恭子の声がした。

夕食から三時間程が過ぎ、居間では恭子がテレビを観ていたので、清治は書斎から神戸の店に電話した。

「もしもし、幸田さんですか。河井です。ご無沙汰しております」

「幸田です。お久しぶりです。お元気ですか」

「はい、元気ですよ。『歎異抄』の原稿の締切で大変です」

「あの『閃光』に掲載の分ですか』

「そうです。本当に大変です」

「またお送り下さい」

「送りますが、読後の感想を一筆下さいね」

「私にはそんな力はありません。ただ読ませてもらうだけです」

「そう言わないで。二人の仲じゃないですか」

「そうですね」

「ああ、そうそう、電話したのは、あなたの奥さんの慶子さんのことも聞きたくて」

「はい、おかげさまで来春には卒業します。気をつけて下さってありがとうございます」

「振り返れば早いものですね」

「河井さん、慶子の話より先に私のことを聞いて下さい。少々長話になりますが、よろしいでしょうか」

「別に私はよいが、幸田さんの方が大丈夫ですか。明日早いでしょう」

「一度お電話をと思っていたのです。秋の観光シーズン前に二泊三日の許可をとり帰郷したときのことです」

「楽しかったでしょう」

「はい、それが……」

章介は急に口籠ると、少し間を置いて話を続けた。


唐津の夜は更けていたが、忙しかった一日も終り、身体を休め、それぞれに好みの茶を飲んでいた。そこで哲也が口火を切った。

「おい、章介、せっかく暇をもらって来たのに悪いが、明日急に団体客の予約が入ったから手伝ってくれないか」

「いいよ、久し振りだな、我が家の店の調理場に出るのは」

翌日は調理人の一人が休みをとっていたので、章介の返事に哲也はほっとした。

「お父さん」

「なんじゃ」

「言いにくいけど、そろそろ店のメニューを変えたらどうね」

哲也の表情が硬くなった。

「変える気はない」

素っ気ない言葉だった。

「客の入りは増加の方、それとも減少の方」

「横這いかな。季節で増減があってね。減の月が問題かな」

「その減の月のメニューは今までのでよいのか検討しようよ」

哲也自身、本当は変えたい気持もあったのだが、三年程前に自分が苦労して作り、この三年間、店を支えてきたメニューでもある。用心深い性格が邪魔をしていた。

「いっぺん勇気を出してやり直してみたら」

章介のこの言い方が、哲也の胸に釘のように刺さった。

「この店を離れているお前が偉そうに、店の改革を始めろと指図でもするのか」

急に声高になったので、章介は少し慌てながらも、

「そんな大それたことを言ってるんじゃないよ」

と負けん気になって言った。

「苦労して作ったメニューだぞ」

「そのときはお父さんの自信作だったかも知れないけど、三年も経てば新鮮さが失せて

きたものもあるかも知れないと思うけどな」

「うるさい」

「お父さん、そう言わないで、俺の言うことも聞いてよ」

側で二人の話を聞いていた千恵は、やや投げ出したように、

「お二人で心行くまでごゆっくり話し合って下さい。私はお付き合い出来ませんので、先に休ませていただきます」

と言うと、テーブルに両手をついて立ち上がった。

母の後ろ姿を見ながら、章介は清治がよく話してくれる『歎異抄』の言葉を思い出していた。


かつ諍論のところには、もろもろの煩悩をこる。智者遠離すべきよし。


二人はしばらく沈黙していたが、章介は勇気を出して言った。

「お父さん、四季折々のメニューを、俺考えてみるよ。出来次第送るから意見を聞かせて下さい」

章介の丁寧な言い方に、哲也も「声を荒立てて悪かったな」と低い声で言った。

「俺も同じだ。ごめんなさい」

二人は笑った。

「ビール、飲むか」

哲也の誘いに「もう時間が遅いからいいよ」と答えると、章介は尋ねた。

「ついでだけど、会計はどうなっていますか」

「何だって、今度は経理のことにも口を挟むのか」

せっかく収まった哲也の怒りがまた掘り起こされた。

「そうじゃない。料理の内容と価格の見直し、器を大幅に変えればなと考えて言ってるのに」

「それが余計なことだと言っているんだ」

「だって」

「お前なんか、まだ他の調理人と同じ頭数の一つくらいにしか思ってないよ」

この言葉に章介はいら立ちを覚えたが、父の気持を思えば怒る気にはならなかった。ところが、哲也はさらに言葉を続けた。

「慶子さんまで我がままなことをして」

「何が我がままですか。これからの店のことを考えていることが分かったから、短大進学を許したんじゃないの。少子化で将来の客数は減少するし、輸入食材の安全性とか食品擬装。農家はどんどん高齢化して、自給率は低くなる一方。それなのに食べ残しの多いこの国。こんな時代だからこそ慶子は食について根本から学ぼうと思ったんだ。家庭料理から離れている今の子どもたちが将来どんな食生活を送るのか、その頃日本はどうなっているのか、お父さんは気になりませんか。慶子はそんなことを考えて勉強しているんです」

「それが店とどういう関係になるのじゃ」

「今言ったでしょう。店もきっと食育を学ばないといけないことに直面するときが来ると思う」

「親に向ってお説教か。そんな二人だから、いつまでも子どもが出来んじゃないか」

この言葉に、それまで荒ぶれようとする心を何とか抑えていた章介は、やや蒼白な顔になった。

「そこまで言わなくていいだろう」

そう言うと、哲也の方を見つめながら、こう呟いた。

「わろからんにつけても、いよいよ願力をあおぎまいらせば、自然のことわりにて、柔和忍辱のこころもいでくべし」(『歎異抄』)

哲也には訳の分からない言葉を残して、章介は寝室に入っていった。

これが章介が清治に語った内容である。

章介が話す間、清治は「うんうん」と相槌を打つだけだった。

「河井さんに聞いていていただいたら、胸の内がすっきりしました。どんな話でも聞いて下さるので、私は幸せです。ありがとうございました」

「いやいや、そんなに言われるとね。なかなか胸中は語れるものではないからな」

「そうです。次は慶子のことですね」

「そうだった。卒業後は」

「唐津の店の手伝いに専念します」

「そう、それはよかった。学業で学んだことが生かされるとよいが。頑張ってね」

そこで章介の弾んだ声が続いた。

「河井さん、まだ伏せておきたかったのですが、あの……」

「何ですか」

「実は慶子が妊娠のようです。まだ確実ではないので、もう少し待ってからと思っていましたが、やはり隠せませんね」

「そうか。突然のことで私の胸も高鳴ってるよ」

「妻は両親にもまだ報告していないようです。もう少し待って、びっくりさせようと言っています。薄々感づいているかも知れませんがね」

「とにかくおめでとう。うちの恭子さんも喜ぶだろう」

「ありがとうございます」

悲しみあり、喜びあり、怒りあり、笑いありの人間模様である。

受話器を置くと、清治は手首のマッサージをはじめた。夢中で聞いて時間を忘れていたが、身体は疲れを感じていたようだ。妙に頭は冴えていたが、筆を握る気にはならなかった。

3

一週間後の八日午前十時にと西蓮寺から伝言をもらっていたので、家を出た。カシミヤの黒いコートをまとって歩きながら、ふと思った。十二月八日といえば六十一年前に太平洋戦争が勃発した真珠湾奇襲の日である。そしてもう一つは三千年前、釈迦がブッダガヤの菩提樹の木陰に静坐して長い瞑想に入られ、ついに成道された日でもあった。明暗どちらも忘れ難き日である。

師走の空には粉雪が舞っている。近年は雪の降るのも珍しくなってきた。口に両手を当て、はーっと息を吹きかけると暖かかった。

案内時刻の前に着いたが、すでに山瀬健蔵、白根美子、仲村幸次郎の面々は着席している。しばらく遅れて「こんにちは」と山際礼子、続いて松原隆が入ってきた。全員出席である。

「歎仏偈《たんぶつげ》」の読誦後、副住職の挨拶となる。

「外は雪が舞っています。寒いなかをご出席ありがとうございます。今から『閃光』の一年間の掲載内容の検討をします。四月の発刊分は九十号になります。どうしましょうか。また河井さんの『歎異抄』掲載と講話が溜まっているので、一冊の本にまとめたいと思っています。出版についても考えて下さい。収入、支出に関する話も会計より報告していただきます。出版費用のこともありますから。以上です。よろしくお願いします」

一時間半に近い、熱のこもった審議も終った。結果は、雑誌の内容とレイアウトの変更はしないこと、九十号の記念と『歎異抄』出版をかねてささやかな祝典を催すこと、日程や内容についてはこれから徐々に進めていくこと、さらに、書名は『歎異抄と私』に決定したことなどである。皆で昼食をすませると、新年初参りでの再会を約束して、急ぐようにそれぞれ粉雪の舞う外へ出た。

数日後、師走にしては暖かさのある夜であった。先にベッドで横になって本を読んでいる清治を睡魔が襲うと、コトンと本を床に落とした。熟睡ではなかった。横になってどのくらいの時間が経っていただろうか。

「私です」という声と共に清治のベッドに恭子が入り込んできた。はっと目が醒めると、清治は身体を横へずらした。恭子が背中に両手を当てたが、拒みはしなかった。ただ、妻の動作に戸惑いを感じていた。

「あのね、敏子さんとのこと、私、嫉妬していたのね」

「いや、俺も鼻の下を伸ばしていたんだろうね。浅ましいもんだ」

「私ね、今晩淋しくて。でも身体の具合はいいの。荒くしないで、やさしくね」

やさしいという言葉に清治は岡崎時代を思い出した。寺で講話の終了後、離れの部屋で先生を囲んで数名と雑談中、その中の一人が質問した。

「先生、信心の行者のセックスはどう思われますか」

先生は動揺することなく、そっと一言こう言われた。

「このことは年老いるほど、程々に軽くすませばよいでしょう」

やさしくという言葉を思いながら、清治は静かに妻の方へ向きを変え、そっと唇を合わせた。若かった頃の弾力は失せていたが、甘酸っぱさには変わりなかった。何度も離しては付け、付けては離しを繰り返していると、体が熱くなるのを感じた。六十六歳の男の身体は程よくたるんでいたが、肌には艶があった。恭子はその身も心も預けている。そっと肌と肌が合うと、春の海に静かに長く漂うた。

清治は全身に気だるさを覚え横になった。もうこんなことには億劫になっていた自分だったのにと、煩悩熾盛《しじょう》の身の悲しさか。

恭子はベッドを離れた。清治が薄明かりのスタンドの灯を消すと、部屋は一段と深い静寂の夜に移っていった。

除夜の鐘の日までそう遠くはない。

4

二〇〇三年の弥生、書斎で通信の整理をしている清治の心中は、先に出版社へ渡した原稿が二カ月後には製本の運びとなると聞いて、不安ではあるが待ち遠しい気にもなっていた。ほっとはしていた。そこへ恭子から、茶事の計画をしているので準備を手伝ってほしいという。

「ほっと一息入れて旅に出ようかなと思っていたのに」

すかさず恭子は、「いつ頃ですか」と迫ってきた。

「中旬にだな」

「だったらお茶事は翌月の二日だし、私も連れて行って下さいよ。一体どこへ行くのですか」

恭子は夕食の用意の手を休め、小走りで清治の側へ寄った。

「今年こそ吉野の花見に行きましょうよ」

「そうそう、その吉野だよ。立興寺の境内に『歎異抄』の作者、唯円大徳のお墓があるからお参りしたくてね」

「私の念願が叶いますね」

毎年春になると吉野山の観桜を口癖のように言っていた恭子だけに、すっかり乗り気になっている。

「ようし、分かった。そうしよう」

「まあ、嬉しい」

清治の本心はゆっくりの一人旅のはずだったのだが、遠足前日の子どものようにはしゃぐ恭子を見ていると、これでよかったという気になっていた。

「ところで、お茶事のお客は誰」

「西蓮寺の坊守さまや編集委員の方々よ。それに幸田夫妻もね。慶子さんは卒業だし、章介さんも大丈夫だそうよ」

どうやら出版関係の人への慰労を目論んでいるようだ。

「章介さんはまだ神戸だろう」

「はい、暇をとるらしいです」

「そんなにしてまで。恭子さんも手廻しがよいな」

「まあね。吉野行きはきっとよ」

そう言うと、清治の側から仕舞でも見るような踵返《きびす》しで去った。


卯月二日、茶事の日が来た。十一時の席入りである。花から花へ飛ぶ蜂の羽音が春の気だるさを誘うようだ。茶席の庭には打水が撒かれ、石や木々の芽がすがすがしい。

待合には一時間前から招待客の話し声が漏れている。八名の客は八畳の広間に案内された。床には「山水無法」の軸が掛かり、宗旦好みの花筏《はないかだ》の炉縁の炉には透木釜《すきぎがま》が懸かっている。

恭子は今日の茶事の概略を述べた。初炭で染付隅田川の香合を拝見し、懐石となり、次に菓子をいただく。中立後は銅鑼《どら》を打つ音を聞き席入り。続き薄茶で終り、送り礼は無言のままの別れである。亭主は恭子、後見は清治。水屋は社中の椛島朋子の他二名である。清治が十時半近くなったので玄関を覗くと、男女二名の履物が足りない。思案しても誰だか分からないので、水屋の一人が待合の人に尋ねると、唐津の客だと分かった。

「あなた、電話して下さいよ」

清治が恭子に言われて電話すると、もう近くまで来ているという返事である。道に迷ったのかも知れないと、清治は袴の裾を両手に持って外へ出た。遠くに二人の姿があった。清治を見て走り出した二人に、両手をまっすぐに伸ばして押すような仕草をして、走らないように伝える。慶子が転んでは大変なことになるからだ。

「すみません、お待たせせして」

章介はすまなそうな顔で挨拶した。

「大丈夫、間に合ったから。遠いところ大変だったね」

話しながら三人は玄関に入った。待ち構えていた恭子たちは二人の着替えにかかった。

「こんな観光シーズンにごめんなさい」と言いつつ、恭子の手は素早く動いている。

あっという間に二人は和服姿に変身した。着物は利休ねずみ色羽二重、帯は納戸色、袴は紺色の縞で仙台平である。小顔のハンサム青年の姿は凛々しい。慶子の着物はさび朱立涌江戸小紋に、帯は茜地色に亀甲文金襴。つぶらな黒目がちの瞳が印象的である。二人は小道具を懐中して待合へ入った。

定刻に板木が鳴り、清治は席入りの案内に待合へ行った。本席では詰の襖の閉まる音を合図に、亭主の恭子は襖を開けようと手をかけた。床の正面壁には経筒に春蘭が活けられ、たっぷりと水が打たれている。水指と茶入が飾られ、釜は松風の音を立てていた。

炭点前から茶懐石、中立の後、続き薄茶で終った。席中話も弾み、なごんだようである。客、亭主ともに無言の礼で見送った。

客のいない部屋で、清治も恭子も余情残心を味わっていた。玄関には着替えのため幸田夫妻が立っていた。

「お上がりなさい。早く着替えて楽になりなさいよ」

恭子は労るように言った。

急ぎ着替えが終ると、二人は改まって「本日はすばらしいお席にお招きいただき、勉強になりました。ありがとうございました」と礼を述べた。

「水屋に料理担当の内山さんがいます。会って下さい。内山さん、こちらへ」

「はーい」

純白の仕事着の内山が来た。

「はじめまして、味処『あさくら』の内山忠男です」

「幸田章介です。こちらは妻の慶子です。すばらしい懐石でした。料理運びのタイミングも参考になります」

「お恥ずかしい。あなたがお客さんだと聞かされて、すごく緊張しましたよ。ほっとしています。今後ともよろしく」

「私こそ」

「では、私はこの辺で失礼します」と言うと、内山は部屋を後にした。

章介の将来のこと、慶子の卒業後のこと、それに出産のことなど話は尽きなかったが、晩春の日暮れはまだ早いので、二人も長居することなく帰っていった。

残った水屋の社中も帰り、薄れ行く春の宵の灯の下で、松風のような釜の音を聴きながら、清治は恭子の点てた一碗に幸せを感じていた。

恭子は清治を見つめながら、テレビで観た起伏多い吉野の山を思い出していた。まだまだ骨太で足腰はしっかりしているし大丈夫だろうと、茶事の疲れより旅のことが気になっていた。これを幸せというのかしら、と首を傾げながら。

ふと恭子は思い出したようにこう言った。

「あなた、幸田さん近くにいるから吉野に誘ったら」

「うん、そうだな」

清治がひと事のように答えるので、恭子は詰問口調で聞いた。

「賛成ですか、反対ですか」

「そうだな」

春の宵に包まれて、二人の会話は続いていった。

あとがき

この作品の主人公河井清治は、高度経済成長期は銀行マンとして、守銭奴のように〝金々〟の生活であった。職務に対する自負もあり、会社への忠誠心も他の人には負けていなかった。当然、それに相応しい地位も獲得できると考えていた。が、バブル崩壊とともに異変が起き、将来の展望は打ちのめされ、不満と不信から心は闇に閉ざされ極苦処へ落ちていった。何も見えず、聞こえない状態のなかに一筋の光が見えて『歎異抄』に出合ったのである。

一方、板前の幸田章介は、お婆ちゃん子で、慈しみと人の悲しみもよく分かる、現代っ子には珍しい若者である。

板前といえば、以前は「包丁一本晒しに巻いて……」と歌われた演歌のように、どこか陰りのあるイメージがあったが、今では北大路魯山人や辻嘉一などの貢献によって料理人のイメージは高められ、華やかな職業として板前に対する女性ファンも増えてきているのではなかろうか。しかし、現実の板前の現場は厳しい。板前の資質も高度なものが要求されるだろう。そんな環境のなかで章介は心・技・体を磨いている。そして河井清治との出会いを喜んでいる。

作品のなかの『歎異抄』は、鎌倉時代の親鸞聖人の常《つね》の仰《おお》せ、つまり繰言の真信たる記録の前序、並びに十カ条と、聖人の口伝の真信に異るを嘆きの八カ条ならびに後序をもって、弟子唯円房は「ひとえに同心行者の不信を散ぜんがために」書いたのだといっている。

年老いてはじめて小説への挑戦である。しかし、素人の思いつきで書けるものではないぞ、思い上がりもはなはだしいと心の底から叫ぶ声があり、行き詰まり、そのままにしていた。ところが齢八十を迎えたある朝、なぜ書かぬ、なんの遠慮もいらぬ、書きたければ書くがよいと、心の底から叫ぶ声に促され、それで再度原稿用紙に向かうことにした。

海鳥社の西俊明社長に相談すると、あたたかいご指導をいただき、出版へのすべてをお願いした。海鳥社の皆さんには感謝の意を記してお礼とします。

二〇〇九年二月十二日

高橋弘依

高橋弘依（たかはし・ひろえ）　1928年、福岡県に生まれる。著書に『私の保育考』『歎異抄に学ぶ』『暮らしのなかの仏教』（いずれも海鳥社刊）がある。

無碍《むげ》の一道《いちどう》

■

2009年4月5日発行

■

著　者　高橋弘依

発行者　西　俊明

発行所　有限会社海鳥社

〒810-0074　福岡市中央区大手門3丁目6番13号

電話092(771)0132　FAX092(771)2546

http://www.kaichosha-f.co.jp

印刷・製本　九州コンピュータ印刷

［定価は表紙カバーに表示］

ISBN978-4-87415-723-7